#

www.mayabook.co.kr

www.mayabook.co.kr

www.mayabook.co.kr

퍼펙트 마이스터

퍼펙트 마이스터 ❹

지은이 | 서야
펴낸이 | 권순남
펴낸곳 | (주)마야 · 마루출판사

등록 | 2008. 1. 7(제310-2008-00001호)

초판 인쇄 | 2016. 5. 16
초판 발행 | 2016. 5. 18

주소 | 서울시 노원구 상계 1동 1049-25 신영산업 BD 602호
대표전화 | 02-2091-0291
팩스 | 02-2091-0290
이메일 | marubooks@hanmail.net
ISBN | 978-89-280-6918-7(세트) / 978-89-280-7021-3
정가 | 8,000원

잘못된 책은 교환하여 드립니다.
저자와 협의하여 인지를 붙이지 않습니다.

「이 도서의 국립중앙도서관 출판시도서목록(CIP)은 서지정보유통지원시스템 홈페이지(http://seoji.nl.go.kr)와 국가자료공동목록시스템(http://www.nl.go.kr/kolisnet)에서 이용하실 수 있습니다.」
(CIP제어번호:CIP2016011735)

퍼펙트 마이스터

MAYA & MARU MODERN FANTASY STORY
서야 현대 판타지 장편소설

4

목차

제1장. 소용돌이의 시작 …007

제2장. 반지와 죽음 …039

제3장. 흔들리는 세상 …073

제4장. 오만과 패기 (1) …109

제5장. 오만과 패기 (2) …139

제6장. 한 번은 패야지 …171

제7장. 번지는 불길 (1) …205

제8장. 번지는 불길 (2) …235

제9장. 신연천의 바람 …263

제10장. 또 다른 세상 …293

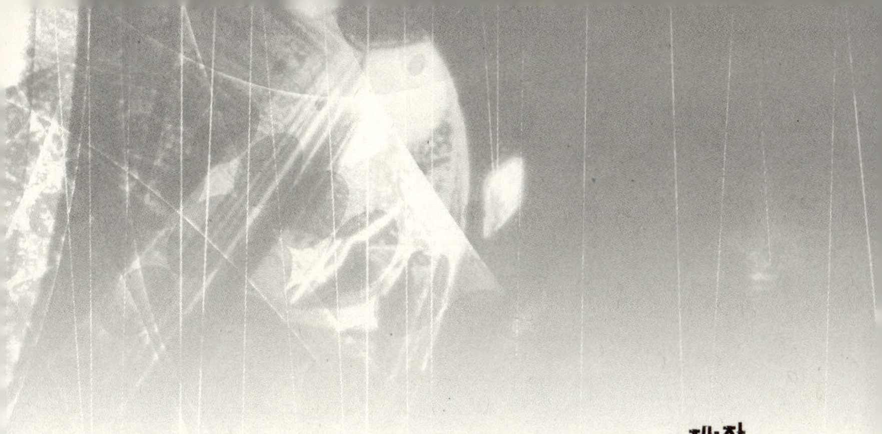

제1장

소용돌이의 시작

닭볏을 쓴 용의 형상을 닮은 계룡산.

신라 5악 가운데 하나로 풍수지리상으로도 한국의 4대 명산으로 꼽히며, 조선시대에는 산기슭에 새로이 도읍지로 건설하려 했을 정도로 '정감록'에서는 십승지지(큰 변란을 피할 수 있는 장소) 중 하나로 알려져 있는 곳이었다.

이런 내력 까닭에 계룡산에는 조금이라도 신의 기운을 얻고자 하는 사람들이 주로 찾는 곳이기도 했다.

그런 덕에 계룡산의 여기저기에는 도사니 무당이니 하는 사람들이 수련, 기도 등의 이유로 자신만의 기도터나 동굴을 차지하고 있었다.

점술사 박용찬도 그들과 크게 다를 바가 없었다.

5년 전, 오성그룹 이희철의 병 상태가 깊어지고 그 아들 이수희가 전면으로 부각된 이후 박용찬은 오성그룹을 떠나 계룡산, 그중 갑사 주변에 자신의 터를 닦았다.

그의 명성이 이미 오래전부터 유명한지라 그를 찾는 이로 연일 장사진을 치고 있었다.

"여긴가……."

오성그룹의 이수희는 중얼거렸다.

그는 지금 계룡산 갑사, 점술사 박용찬이 운영하는 건물 앞에 있었다.

건물 현관 위에는 '한국천문연구회'라는 간판이 붙어 있었다.

이수희는 간판을 한 번 본 후, 자신도 모르게 이맛살을 찡그렸다.

어렸을 때부터 아버지 이희철이 점을 광신하면서 살아온 모습을 쭈욱 지켜보고 자란 그였다.

그런 까닭에 그는 점으로 사람의 운명, 미래를 좌지우지하는 것을 좋아하지 않았다.

그 자신이 박용찬의 점 덕분에 형들을 제치고 그룹의 후계자로 정해졌건만 그래도 생리에 맞지 않는 것은 사실이었다.

"오셨습니까?"

어느새 박용찬이 문 앞에 서 있었다.

이른 새벽부터 갑작스럽게 방문한 이수희를 보고도 그는 전혀 놀라워하지 않았다.

"내가 올 줄 알았는가?"

이수희가 내심 궁금한 듯이 물었다.

자신이 박용찬에게 간다는 것을 비서들에게 함구하라고 명령을 내린 까닭이었다.

지금 이수희의 휘하에 있는 자들은 전부 이수희가 각별하게 여기는, 믿는 사람들로 구성되어 있었다.

적어도 이수희의 개인 스케줄을 아는 비서들이라면 절대로 입을 놀리지 않았을 터였다.

"오늘 이른 아침에 큰 손님이 온다는 점괘가 있었습니다."

박용찬이 잔잔한 미소를 지어 보이면서 말했다.

그는 반백년의 나이를 훌쩍 넘겼건만 30대 후반이라고 우겨도 좋을 만큼 젊어 보였다.

또한 검정색 양복을 입은 그의 모습은 점술사라기보다는 대기업의 임원 같아 보였다.

"역시 자네군."

이수희는 고개를 끄덕이면서 말했다.

그리고 박용찬의 안내를 받아 건물 안으로 들어섰다.

건물 안은 점술사가 운영하는 곳이라기보다 연구소 같은

느낌이 물씬 낫다.
'천문 연구소라더니……'
이수희는 속으로 중얼거렸다.
"왕회장님은 좀 어떠십니까?"
박용찬이 물었다. 물론 그가 이희철의 건강 상태를 모르는 바는 아니었다.
"좋지 않네."
이수희의 낯빛이 순간 어두워졌다.
하지만 이내 그는 평상시의 무덤덤한 표정으로 돌아왔다.
"왕회장님께서 누구를 찾으십니까?"
박용찬이 조심스레 물어왔다.
이수희가 자신을 찾은 까닭을 물어왔다.
그의 점괘에는 이희철이 누군가를 찾는다는 것 외에는 나오지 않았다.
하지만 비서를 보내지 않고 후계자를 보냈다는 것이 중요했다.
필시 단순한 일이 아닐 게다.
"이미 찾았네."
이수희가 말했다.
"그러면 무슨 까닭으로 소인을 찾으시라고 하셨는지?"
"그 아이의 점괘를 보려 하네."
"아이요?"

박용찬이 이수희의 말에 의아한 빛을 띠며 물었다.

이희철이 이수희를 보낼 만큼 중요한 아이라니.

그리고 찾았다는 말로 미루어 보아 분명 오성가에 알려진 아이들은 아닐 것이다.

도대체 어떤 아이기에 먼 길을 마다하지 않고 자신을 싫어하는 이수희가 이곳에 나타났단 말인가.

"자네도 보았다고 하시더군."

이수희는 그렇게 말하면서도 미덥지 않은 표정을 지었다.

아버지 이희철에게 과거에 있었던 일을 들었다.

하지만 그런 일은 한낱 무당들의 꾸밈이라고 그는 치부해 버렸다.

물론 왕회장을 상대로 그런 사기극을 벌인다는 것은 쉽진 않은 일이겠지.

'보았다라……'

박용찬은 순간 한 아이가 떠올랐다.

절대로 잊을 수 없는 아이.

'우라라랄랄라라라랄' 하면서 제단 위에 있던 부채를 던지던 아이.

"설… 마?"

"자네 표정을 보니 아마도 그 설마가 맞는 듯하네."

이수희가 약간의 호기심을 보였다.

대한민국에서 점술의 1인자로 불리는 박용찬이 이름도

거론하지 않았음에도 불구하고 급격히 흔들리는 표정을 짓고 있는 까닭이었다.

박용찬의 표정이 점점 더 심각해지고 있었다.

"이제 와 그 아이를 찾으시는 이유는 만났기 때문이군요."

"그러네."

"그 아이를 다시 만난다면 오성가에 길이 될지 흉이 될지, 그 어느 쪽으로도 크게 영향을 미칠 거라는 점괘가 당시에 나왔습니다. 하지만… 오성가에겐 다행히도 천지신명께서 도우사 그 아이에게 흠이 있어……."

"들었네."

"그렇다면……?"

박용찬이 이수희를 바라보았다.

"아버지께서는 현재 흉이 될 거라 여기시네."

이수희가 담담하게 말했다.

"……."

박용찬은 이수희의 말에 아무런 대답을 하지 않았다.

그의 머릿속은 당시 만난 7살의 김춘추에 대한 생각으로 꽉 차 있었다.

"점괘가 바뀔 수도 있나?"

이수희가 물었다.

"사람의 운명은 늘 그때의 선택과 집중으로 바뀌옵니다,

물론 태어난 그릇 자체는 어찌하지 못하겠지만. 운명은 수레바퀴와 같습니다."

박용찬이 조심스럽게 말을 이어 나갔다.

"왕회장님께서는 그때의 점괘를 한 번 더 확인하고 싶어 하시는군요."

"그러네, 만약 점괘가 다르지 않다면……."

이수희가 떨떠름하게 말했다.

한낱 점쟁이의 점에 그룹의 미래를 운운하고 싶지 않았기 때문이다.

물론 그의 아버지 이희철은 자신을 여기 보내면서 귀에 따가울 정도로 그 소리를 하셨다.

"제가 어찌했으면 좋겠습니까?"

"직접 보게. 아버지의 명령일세. 하지만 이거 하나는 분명히 하세. 나는 점괘 때문에 한 사람의 인생을 망치는 일 따위는 하고 싶지 않네. 그렇다고 한 사람의 인생이 내게 중요한 것은 아닐세. 내 그룹이, 이 대한민국의 최고라는 오성이 그까짓 한 사람을 벌벌 떨어야 하는 이유를 모르겠네."

이수희가 낮게 으르렁거리면서 그의 본심을 말했다.

"그럼에도 불구하고 지금 두려워하고 계시는군요."

박용찬이 나지막이 말했다.

"내가? 하하하하하! 실없는 소리."

이수희가 너털웃음을 터트리다가 싸늘한 목소리로 말했다.

그런 와중에도 그의 머릿속에는 김춘추의 활약 덕분에 대통령의 중동 순례를 성공적으로 마칠 수 있었다는 사실이 떠올랐다.

심지어 오성그룹조차 김춘추가 사우디아라비아에 힘을 써 주었기 때문에 거대 사업의 수주를 낙찰 받지 않았던가.

과거 아버지 이희철이 말한 벙어리, 귀머거리 아이와 동일인이라고는 정말이지 믿겨지지 않았다.

그리고 믿겨지지 않는 만큼 섬뜩하기도 했다.

그가 아버지 이희철에 떠밀려서 박용찬을 찾았다고 하나 한편으로는 이수희 그 자신도 김춘추의 존재에 대해 마음속 깊은 곳에서는 끝없는 경종이 울려 오고 있었고, 그런 연유로 그도 계룡산까지 발걸음을 하지 않았던가.

"도대체 그 아이가 어떻게 성장했기에 점을 믿지 않으시는 회장님을 두려워하게 만들었는지 소인도 궁금합니다."

박용찬은 이수희의 기분 따위는 아랑곳하지 않고 말했다.

"내가 두려워할 까닭이 있나."

이수희가 박용찬을 노려보면서 말했다.

"제 눈에는 회장님의 두려움이 보입니다."

"어디서 그런 망발을……!"

"인정하시면 편합니다."

박용찬이 빙그레 웃으면서 말했다.

그의 말이, 그리고 그의 미소가 이수희를 자극했다.

벌떡.

"감히, 너 따위가 나에게 그런 말을 해!"

이수희가 자리를 박차고 일어서면서 말했다.

그의 말 속엔 심한 분노가 담겨져 있었다.

아니 분노, 그리고 혐오감이었다.

스윽.

박용찬도 그를 따라 일어섰다.

하지만 전혀 동요가 없는, 조용한 움직임이었다.

"회장님은 잊고 계시는군요. 누구 때문에 그 자리에 오르신 건지."

"……."

이수희는 박용찬을 노려보았다.

하지만 그의 말에 반박할 수는 없었다.

이수희가 아무리 뛰어난 경영 실적을 보였다고 해도 그가 무능한 형의 손을 들어 주었더라면 지금의 회장 자리엔 자신이 아닌 형이 앉았을 게 뻔했다.

그만큼 형은 아버지의 사랑을 독차지했었다.

형이 오성가를 이끌게 되면 '오성가의 미래는 없다'라는 박용찬의 점괘가 아니었다면 아버지는 장자의 권리를 결코 포기하지 않으셨을 게다.

자신이 후계자로 지정되던 날 밤… 아버지 이희철이 슬퍼하던 모습은 그로서도 결코 잊을 수가 없는 분노이기도 했다.

박용찬은 이수희의 흔들리는 모습을 보았다.

그는 좀 전하고는 전혀 다르게 간절한 목소리를 섞어 말했다.

"회장님, 저는 지금까지 회장님에게 그 어떤 누도 끼친 적이 없습니다. 그리고 앞으로도 회장님에게 누가 되지 않기 위해서 이렇게 초야에 묻혀 살고 있지 않습니까?"

"……."

이수희는 박용찬의 말에 아무런 대꾸도 하지 않았다.

하지만 그의 고개는 어느새 끄덕여지고 있었다.

박용찬이 애초에 자신의 세력을 자랑하려고 했었다면 이수희는 단칼에 그를 제거했으리라.

하지만 그는 현명하게도 초야에 묻혀 사는 것으로 이수희의 견제 밖으로 나갔다.

자기 처신은 제대로 할 줄 아는 자였다.

그것만큼은 이수희도 인정할 수밖에 없었다.

"왕회장님의 청이 아니었다면 이렇게 회장님과 얼굴을 마주 대할 일도 없었겠지요."

"그렇군."

이수희는 박용찬의 말에 수긍했다.

사실 그가 박용찬에게 화낼 일은 전혀 없었다.

점괘에 대한 깊은 혐오감이 그를 혐오스럽게 여기도록

만든 것이니.

그건 그거고, 박용찬의 공은 공이었다.

인정하기 싫고 불쾌한 일이지만 박용찬이 자신에게 득이 된 것만은 틀림없었다.

그렇다고 해서 그 후 자신에게 무언가를 요구한 적도 없었다.

오히려 서울을, 아버지의 곁을 떠나지 않았던가.

이쯤 되고 보니 이수희는 박용찬에게 미안해졌다.

평소 흔들림 없는 강인한 성격의 이수희였지만 아버지에 관한 한, 점괘라는 것에 관해선 예민해질 수밖에 없었기 때문이다.

그리고 그 모든 것을 가지고 있는 박용찬이 불편한 것이 사실이었다.

이런 상대와는 싸우기보다 짐을 지워 주는 쪽이 훨씬 낫다.

이수희의 머릿속은 재빠르게 박용찬을 어떻게 처리해야 할지 결정했다.

"나에게 부탁할 일은 없는가?"

이수희가 박용찬에게 말했다.

박용찬은 순간 황송하다는 표정을 얼굴에 띠면서 말했다.

"제 개인적으로 부탁드릴 일은 전혀 없습니다. 왕회장님 곁을 따라다니면서 받은 월급으로 이렇게 명산에 와서 건물 하나 지어 놓고 평생 먹고 살 수 있으니 그 어떤 욕심도 없습니다."

"흠… 부탁할 일이 있으면 하게. 내 어떤 부탁이라도 들어주겠네."

이수희가 말했다.

'걸려들었군.'

박용찬은 속으로 씨익 웃었다.

하지만 그는 그런 내색의 빛을 전혀 보이지 않았다.

그는 이수희에게 머리를 살짝 숙이면서 대답했다.

"제가 키우는 아이가 있습니다……."

"아이?"

"제가 연이 되어 만난 아이입니다. 제법 될성부른 떡잎이지요."

"그 말은… 이런 시골에서 아이를 키울 수 없으니 나더러 뒤를 봐 달라 이런 뜻이겠군."

이수희가 박용찬의 말을 가로채면서 말했다.

"역시 회장님이십니다. 아이를 서울로 데려가서 제대로 한 사람의 역할을 할 수 있도록 부탁드립니다."

"그건 어렵지 않네."

"조만간 아이를 데리고 서울로 올라가 왕회장님의 명을 수행하고 찾아뵙겠습니다."

'뭔 수작일까.'

"그러게."

이수희는 박용찬의 말에 떨떠름하게 대답했다. 지금의 대화가 마음에 들지 않았기 때문이다.

자신이 올 줄 이미 안 상황에서, 게다가 아이 하나를 혹 붙이러 하고 있었다.

물론 아이 문제는 비서에게 명령만 내리면 그 자신은 신경 쓸 일이 전혀 없다.

하지만 이상하게 기분이 좋지 않았다.

혹시 아버지와 박용찬이 무슨 수작을 부리려고 하는 건 아닌지 하는 생각이 치밀었다.

하지만 자신의 감정을 애써 누르고는 박용찬의 말을 들어 보기로 했다.

"너무 걱정 마십시오. 아이가 매우 영특하여 오성가에 도움이 되면 됐지 절대 화가 될 아이는 아니옵니다."

"흠, 그 말은 아이도 자네와 같은 사람이란 뜻인가?"

"어떤 면에서는 저보다 뛰어난 아이입니다."

"자네보다 뛰어나다라……?"

이수희는 자신의 불길한 느낌이 맞았음을 확신했다.

그럼에도 불구하고 박용찬보다 뛰어난 아이라는 말에 호기심이 일어났다.

"그 아이라면 왕회장님의 의문을 풀어 줄 거라 저는 봅니다."

"자네가 직접 보지 않고?"

"왕회장님께서 제가 김춘추라는 아이를 직접 보고 다시 점괘를 쳐 보길 원하고 계신 것은 알고 있습니다. 하지만 저보다는 그 아이가 직접 보는 것이 낫다고 여겼습니다. 물론 저도 함께 가야지요. 김춘추라는 아이가 어떻게 성장했는지 이 눈으로 똑똑히 보고 싶습니다."

"……."

"부탁드립니다."

박용찬이 정중하게 말했다.

"그러지."

이수희는 떨떠름한 표정으로 대답했다.

하지만 그의 속마음은 박용찬이 데리고 올 아이에 대한 호기심도 공존했다.

'박용찬보다 뛰어나다라…….'

그런 이수희를 박용찬은 가만히 지켜보았다.

어느 순간 그의 한쪽 입꼬리가 살짝 위로 치켜 올라갔다.

모든 상황이 자신의 뜻대로 흘러갔음을 만족하는 기색이었다.

하지만 그것도 한순간이라 이수희는 박용찬의 기색을 눈치채지 못했다.

✧ ✧ ✧

"시작합니다."

빙긋 웃으며 여자가 말했다.

그와 동시에 주변의 모든 공간이 일렁이면서 풍경이 바뀌었다.

'뭐지?'

김춘추는 주변을 돌아보았다.

깊은 숲 속에 자신이 서 있다.

짙은 녹색과 검붉은 나무들이 하늘을 향해서 끝없이 솟아있었다.

그 덕에 햇빛조차 제대로 보기 힘들었다.

사방이 어두컴컴할 정도였다.

게다가 아지랑이 같은 연무가 대기에 가득 찼다.

너무도 짙어서 숨조차 제대로 쉴 수 있을까 의문이 들 정도였다.

하지만 그 속에 반가운 것이 들어 있었다.

'마나.'

김춘추는 새롭고 반가운 마나의 기운에 자신의 가슴을 내밀었다.

마나를 들이키기 위해서였다.

"후우우아……."

마나를 들이키는 것이 밥을 먹는 것보다 더 기분이 좋고 원기 회복에 도움이 됐다.

이대로 몇날 며칠을 마나만 먹어도 배가 고프지 않을 것 같은 충족감이 온몸에서 일어났다.

'괜찮은걸.'

김춘추의 얼굴에서 만족의 빛이 떠올랐다.

갑자기 이상한 소리와 더불어 알 수 없는 장소로 이동되었지만, 반가운 마나라는 것을 만나서 그런지 기분이 나쁘지만은 않았다.

그때였다.

"크크크크크……."

기분 나쁜 소리가 주변에서 들려오기 시작했다.

'뭐지?'

김춘추는 사방을 돌아보았다.

짙은 풀 숲 사이로, 키 130센티미터에서 150센티미터쯤 되어 보이는 자들 서넛이 숨어 있는 것을 그제야 발견했다.

'내가 이들을 왜 못 봤지?'

김춘추는 그제서 자신이 실수했음을 깨달았다.

'이런 장소에 옮겨졌을 때는 무언가가 있었을 텐데…….'

그는 아랫입술을 꽉 깨물었다.

그리고 자신의 가슴에 마나가 꽉 채워져 있음을 상기하면서 1서클의 마법 주문 중 어느 것을 사용해서 이 상황을 벗어날 수 있는지 계산했다.

상대는 넷.

그들은 김춘추가 혼자이며 무기가 없는 것을 보고 자신의 존재를 드러냈다.

지원병조차 부르지 않고 말이다.

그럴 수밖에 없는 것이…

김춘추의 얼굴에서 이들을 본 순간 경악하는 빛이 뚜렷하게 떠올랐다.

그것을 보고 이들은 낯선 곳에 혼자 떨어진 자가 자신들을 보고 무서워하고 있다고 여겼다.

사실 김춘추는 다른 의미에서 그자들을 보고 놀라워했다.

'저렇게 생긴 자들이 있단 말인가?'

김춘추는 자신을 압박하면서 다가오는 작자들을 바라보았다.

이들은 머리카락은 거의 없거나 벗겨져 있으며 코는 돼지처럼 납작했다.

게다가 팔과 다리는 짧고 덩치마저 왜소했다.

마치 돼지 머리를 연상케 하는 작자들이었다.

"당신들은 누구입니까?"

김춘추는 그들에게 먼저 말을 걸었다.

우뚝.

상대들은 김춘추의 말이 뜻밖인지 발걸음을 멈추곤 서로를 바라보았다.

그리고 이내 폭소를 터트렸다.

"크크크크크, 이놈이 우리가 누군지도 몰라."
"세상에 오크족을 모르다니, 아무것도 모르는 놈이군."
"그야말로 쉬운 상대군."
"어서 해치우자. 크크크."
"그래그래, 다른 녀석들이 오기 전에 이놈을 먹어 치우자."
'날 먹어?'
무슨 이유에선지 김춘추는 이 작자들의 대화가 머릿속에서 뚜렷하게 들려왔다.
쉬쉬쉭.
오크들은 굵은 나뭇가지를 다듬어 만든 몽둥이를 위협적으로 휘두르면서 김춘추의 주변을 에워쌌다.
그들의 입가에는 침이 질질 흐르고 있었다.
금방이라도 김춘추의 사지를 쥐어뜯을 것처럼 말이다.
김춘추는 전신강화 마법을 자신의 몸에다 걸었다. 1서클이라 어느 정도 강화될지 모르지만.
평소 몸을 단련하는 데 게을리하지 않았으니…
마법까지 더하면 제법 도움이 되리라.
게다가 마나가 풍족한 상황이었다.
'피부는 단단하군.'
김춘추는 자신의 1미터 앞까지 다가온 오크들의 상태를 재빠르게 파악했다.

무기를 들고 다가온다는 것은 상대가 몸으로 싸우는 것에 익숙하다는 뜻이다.

마법으로 싸운다면 고작 1서클에 불과한 김춘추가 이길 확률은 없었다.

하지만 몸으로 싸운다면 승산은 있었다.

쉬쉭!

몽둥이 하나가 김춘추의 머리통을 향해서 휘둘러졌다.

그와 동시에 나머지 몽둥이 3개가 일제히 김춘추의 사지를 향해서 가격해 왔다.

김춘추는 자신에게 향하는 4개의 몽둥이를 재빠른 몸놀림으로 피했다.

그야말로 전광석화와 같은 찰나였다.

동시에 제일 먼저 다가온 오크의 머리통을 잡아챔과 동시에 정강이를 차서 몸의 중심을 무너트리고 그대로 바닥으로 내팽개쳤다.

"케케케켁!"

오크의 입에서 비명 소리가 터져 나왔다.

이것이 끝은 아니었다.

김춘추는 쓰러진 오크의 가슴을 밟고 공중으로 도약해서 다른 오크의 가슴팍을 있는 힘껏 찼다.

"크헉!"

김춘추의 공격을 받은 오크의 입에서 맥없는 비명 소리

가 터져 나왔다.

 다른 오크들이 서로 눈짓을 하더니 둘이 동시에 김춘추의 머리통과 가슴을 향해서 몽둥이를 휘둘렀다.

 하지만 그들의 몸짓은 둔했다.

 적어도 김춘추가 보기에는 그랬다.

 한 놈의 몽둥이를 낚아챈 김춘추는 그대로 다른 놈이 휘두르는 몽둥이질을 막았다.

 김춘추의 손에 들린 몽둥이는 오크의 몽둥이와 같지 않았다.

 동에 번쩍, 서에 번쩍.

 타타탁타타탁!

 김춘추의 손이 한번 공중에 올라올 때마다 오크들의 머리통에서는 경쾌한 소리가 났다.

 "크헉!"

 "케케케켁!"

 그제야 오크들은 자신들만으로는 김춘추를 상대할 수 없음을 깨달았다.

 누가 먼저라고 할 것도 없이…

 슬금슬금 눈치를 보더니 하나씩 그 자리를 내빼기 시작했다.

 어느 순간 김춘추의 몽둥이질이 멈춰지자 '걸음아, 나 살려라!' 하고 꽁무니를 빼면서 숲 속으로 사라졌다.

고요.

갑작스럽게 정적이 찾아왔다.

'이게 마법의 힘인가.'

김춘추는 1서클이라고 하지만 마법으로 강화된 몸이 자신의 예상보다 훨씬 써먹을 만하다는 것을 실전에서 깨닫고는 미소를 지었다.

하지만 마냥 이렇게 있을 수는 없었다.

"장난 그만 치시지!"

김춘추는 허공에 대고 소리 질렀다.

순간 허공이, 공간이 다시 일렁거렸다.

그가 이곳에 옮겨졌을 때와 마찬가지로.

출렁.

어느새 김춘추는 처음의 자리로 돌아와 있었다.

그리고 그녀가 위엄 있는 자태로 서 있었다.

"이게 뭔 짓입니까?"

김춘추가 물었다.

"맛보기라고 할까……."

그녀, 시바 여왕이 나지막하게 말했다.

"맛보기? 이게 맛보기라는 겁니까?"

김춘추는 이해되지 않아서 되물었다.

"사람들은 성궤에 대해서 오해하지."

소용돌이의 시작 • 29

시바 여왕이 김춘추의 반응을 보고 그럴 줄 알았다는 식으로 말했다.

순간 김춘추는 자신이 방금 겪었던 일과 마나를 사용할 줄 알았다는 사실에서 리디아 황녀의 말들을 떠올렸다.

동시에 시바 여왕이 말한 성궤가 무엇인지 깨달았다.

"차원… 이동……."

김춘추가 중얼거렸다.

"역시 기대에 어긋나지 않았군."

시바 여왕의 입가에서 만족스런 빛이 느껴졌다.

"제가 감당하기 어렵겠는데요?"

김춘추가 빙긋 웃으면서 말했다.

"성궤를 찾으러 올 때는 언제고 갑자기 꼬리를 내리는 까닭은?"

시바 여왕이 김춘추의 말에 어이없다는 투로 질문했다.

"전 그저 성궤가 안전한지 궁금했을 뿐입니다. 요즘 이상한 일들이 일어나서요. 뭐, 여왕님께서 잘 지키고 계시니… 전 이만 가 보렵니다."

김춘추는 그렇게 말하면서 뒤로 슬금슬금 움직였다.

"올 때는 마음대로 왔어도 갈 때는 마음대로 갈 수 없지."

시바 여왕이 그런 김춘추를 제지했다.

그러고는 그를 노려보았다.

상황이 역전됐다.

조금 전까진 김춘추를 테스트해서 자격이 있으면 성궤의 다음 관리자로 넘기려고 했다.

자격은 물론 미달.

마법이 턱없이 낮다.

하지만 지구에 사는 인간이 마법을 사용할 리는 없다.

그러니 마법을 사용할 줄 안다는 것만으로도 가능성은 있었다.

시바 여왕은 그런 의미에서 자신이 제대로 사람을 보았다고 생각했다.

그런데 이제 와서 꼬리를 내빼고 도망치려 하다니.

아니, 성궤의 본질을 재빠르게 파악하고는 오히려 욕심을 내지 않는 김춘추의 태도가 더욱 마음에 들었다.

'이거 문젠데.'

김춘추는 속으로 신음했다.

성궤가 이런 아티팩트일 줄이야.

그저 엄청난 힘을 가진, 드래곤이 만든 아티팩트일 가능성까지는 생각했다.

이런 아티팩트가 수정구를 만든 작자들의 손에 떨어진다면 지구가 어떻게 될지 안 봐도 뻔했다.

수정구를 만들기 위해서 사람들을 희생하는 것은 눈 하나 깜짝하지 않는 조직이었으니 말이다.

성궤의 힘에 관한 기록은 고대 여기저기 역사서에 드러

나 있었다.

 언젠가는 그 조직에서도 성궤를 반드시 찾으러 올 것이란 생각에 미쳐 자신이 먼저 선수 치기 위해서 이곳에 왔었다.

 김춘추는 애초에 성궤의 힘에는 관심이 없었다.

 자신의 것이 아닌 다음에야 목숨을 걸 이유도 없으니깐.

 힘이야 자신이 만들면 된다.

 시간이 얼마든 걸려도 상관없는 일.

 그런데 성궤의 본질이 예상을 빗나갔다.

 차원을 이용시키는 물건이라니.

 일명 스타게이트.

 게다가 저 시바 여왕의 눈빛을 보니…….

 '절대 안 돼.'

 김춘추는 시바 여왕의 음침한 눈빛, 자신을 바라보는 저 음흉한 생각이 무엇인지 이내 깨닫고는 속으로 비명을 질렀다.

 절대 넘어가서는 안 된다.

 "흥, 여기 이 자리에 선 것만으로도 죽은 목숨인 줄 모르는군."

 여왕이 콧방귀를 뀌었다.

 "아, 저는 이미 죽은 자라서 그런 협박은 안 통하는데요."

 김춘추가 넉살좋게 대답했다.

 "성궤를 소유한다는 것이 얼마나 대단한 건지 모르는가?"

"글쎄요, 관리자가 된다는 것밖에는 없는 것 같은데요?"
김춘추가 시바 여왕의 말에 별거 없다는 식으로 대답했다.
"두 세계를 왕래할 수 있다."
시바 여왕이 자랑스럽다는 표정으로 말했다.
"왕래한다고 뭐가 좋나요?"
김춘추가 물었다.
"두 세계라고!"
"제가 보기엔 두 세계가 서로 침해당하지 않게 지키는 것으로밖에는 안 보이는데요?"
김춘추가 핵심을 찔렀다.
"음......"
시바 여왕이 신음을 흘렸다.
"감히 여왕님께서 선택하셨는데 그따위 발언을 하다니!"
아누비스가 여왕의 옆에서 발끈했다.
"여왕님이 선택했다고 무조건 '예.' 하라는 법은 없잖습니까? 전 그저 성궤가 잘 있나 보러 왔다니까요."
김춘추가 아누비스의 눈을 똑바로 바라보고 대답했다.
"무엄한 놈! 정녕 이 아누비스의 손에 찢겨 죽을 텐가."
"차라리 한판 붙는 게 낫겠는데요?"
김춘추는 아누비스의 협박에도 불구하고 눈썹 하나 까딱하지 않고 말했다.

소용돌이의 시작 • 33

"참으로 대단한 자다. 정말이지 탐난다."

시바 여왕이 말했다.

"알면 알수록 탐이 날 겁니다. 하지만 그런 관심은 사양합니다."

김춘추가 애써 웃으면서 말했다.

"어쨌든 너는 돌아가야 하지 않겠는가?"

시바 여왕이 빙그레 웃었다.

"그, 그렇긴 하죠."

김춘추가 떨떠름하게 말했다.

시바 여왕의 의도가 느껴졌다.

"게다가 네 동료들도 저 암흑에서 두려움에 떨고 있을 테고."

시바 여왕이 결정적으로 한마디 했다.

동료…….

김한기, 무함마드 왕자, 리디아 황녀.

황녀야 안 지 얼마 안 됐다고 치고.

김한기야 죽어도 죽을 수 없는 자니깐 그렇다 해도.

무함마드 왕자는 그의 친우가 아닌가.

자신이야 여기서 죽어도 상관없다지만.

"꼭 이렇게 치사하게 구실 겁니까, 명색이 여왕님께서?"

"글쎄… 난 네가 점점 마음에 들어서……. 어떻게 해서든지 널 내 다음 관리자로 만들어야겠는데?"

시바 여왕이 득의양양한 미소를 지었다.

"주세요."

김춘추가 단도직입적으로 말했다.

이렇게 된 이상 그냥 성궤를 받아 가야 할 것 같다.

시바 여왕처럼 잘 보관하고 있으면 그만 아닌가.

자신이 가져갔다는 기록도 남을 리 없으니.

"진작 그렇게 나와야지."

시바 여왕이 미소를 지면서 김춘추의 바로 앞으로 다가왔다.

꿀꺽.

김춘추는 자신도 모르게 긴장했다.

막상 성궤를 받으려고 드니 온몸에서 소름이 돋아나기 시작했다.

'과연 성궤군.'

스윽.

시바 여왕이 자신의 오른쪽 손을 김춘추의 오른쪽 손 위에 올렸다.

'뭐지?'

김춘추는 갸웃거렸다.

하지만 그 순간, 여왕의 손에서 그의 손으로 알 수 없는… 점점 광대한 기운이 흘러들어 왔다.

부르르르.

전신이 떨렸다.
온몸이 타들어 갈 것처럼 괴롭다.
비틀비틀.
김춘추는 몸의 중심을 잃고 휘청거렸다.
"아직 부족해. 버텨."
시바 여왕이 냉정하게 말했다.
김춘추는 고개를 간신히 끄덕였다.
또 한 번 엄청난 기운의 세례가 그를 강타했다.
여왕의 손을 통해서 그의 손으로.
그리고 손에서 팔로, 팔에서 온몸과 머리로.
말로는 설명할 수 없는…
엄청난 기운이 그를 사정없이 몰아쳤다.
<u>스스스스륵.</u>
그의 발밑에서 기운 덩어리가 피어올랐다.
그리고 이내 그의 전신을 감쌌다.
시바 여왕은 그 광경을 슬픈 듯이, 그리고 또한 안도의 빛을 띠면서 바라보았다.
자신의 힘은 이제 희미해져 갔다.
알고 있었다.
너무 오랫동안 그것을 지키느라…
서서히 자신의 힘이 약해졌다.
어느 순간, 차원의 균열이 발생했다.

지키는 자의 힘이 약해지면 두 차원은 안전할 수가 없다.

지금 이 순간도 그녀의 힘은 약해져 가고 있었다.

하지만 아직은 그녀가 버텨야 했다.

"힘을 키워라. 그리고 나에게 편안한 안식을 다오."

시바 여왕은 거센 기운 덩어리 속에 갇혀 있는 김춘추에게 말했다.

정신을 잃어 가는 와중에도 김춘추는 그녀의 말소리를 똑똑히 들었다.

그것이 또한 의미하는 바가 무엇인지까지 이해되었다.

김춘추의 의식이 서서히 사라져 갔다.

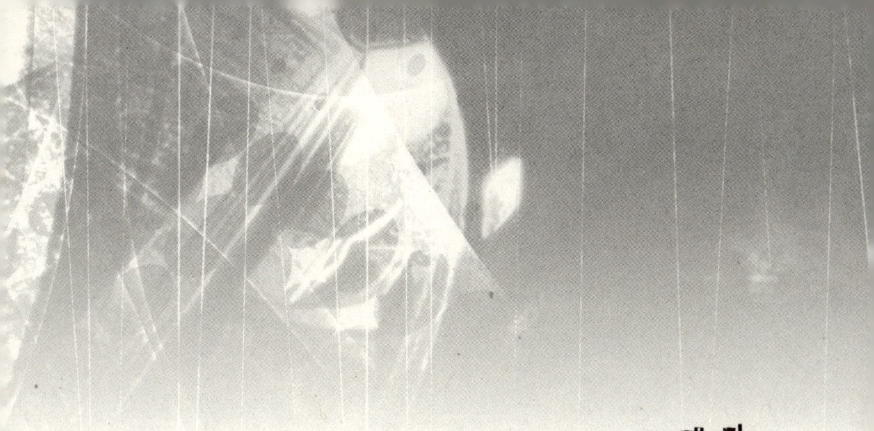

제2장

반지와 죽음

퍼펙트 마이스터

그것은 푸르른 비늘이 전신을 덮고 있으며 네 개의 날카로운 발톱이 빛을 받아 번쩍거렸다.

어디 그것뿐인가.

얼굴은 낙타를 닮았으며 뿔은 사슴, 눈은 토끼, 귀는 소, 몸통은 뱀, 배는 큰 조개, 비늘은 잉어, 발톱은 매, 주먹은 호랑이와 비슷했다.

'예상 밖이야.'

김춘추는 그것을 신기한 눈으로 바라보면서 경탄해했다.

그것의 입 주위에는 긴 수염이 있고, 턱 밑에는 구슬이 있었다.

구슬, 여의주.

중국 위나라 때 장읍이 지은 〈광아〉에서 언급하는 그것의 모습과 너무도 흡사했다.

'확실히 서양에서 말하는 드래곤과는 모습이 좀 다르군.'

흔히 서양의 드래곤이라면 박쥐와 비슷한 날개와 가시가 달린 꼬리를 지닌 존재로 묘사되기 때문이다.

동서양이 다른 걸 뭐 어쩌겠는가.

이것은 어디까지나 지구인들에게는 상상의 동물인걸.

김춘추는 자신의 오른쪽 약지 손가락을 다시 한 번, 믿겨지지 않는다는 표정을 지으면서 바라보았다.

약지 손가락에는 푸르른 광채를 뿜내고 있는 용 한 마리가 그의 손가락을 감싸고 있었다.

성궤.

물론 완벽한 성궤는 아니다.

그 자신이 두 차원을 지키는 관리자로서는 여러 가지 면에서 더 배우고 성장해야 할 것이 많기 때문에 시바 여왕은 완전히 성궤의 그것을 넘겨주지 않았다.

반지는 그냥 반지일 뿐.

중요한 것은 그것을 담는 힘이었다.

물론 남들이 김춘추의 약지 손가락을 본다면 그저 아무런 무늬도 없는 은반지가 끼워져 있음을 알 수 있을 뿐이었다.

그의 손가락에 끼어 있는 은반지가 성궤, 두 차원을 잇는 드래곤의 힘이 봉인되어 있는 것을 알 수 있는 자라면 적어도 성궤의 능력보다 강한 자여야 한다.

그런 자라면 굳이 두 차원을 탐낼 이유가 없는, 거룩하고 지고지순한 존재뿐이다.

어쨌거나 반지를 알아볼 자가 지구나 판테온에서는 존재하지 않는다는 시바 여왕의 말은, 그나마 김춘추에게 위안으로 다가왔다.

성궤가 이런 물건인 줄 알았으면…….

'제길, 그냥 놔두는 건데.'

김춘추의 솔직한 심정이었다.

최근 일어난 여러 가지 일들 때문에 그로 하여금 성궤에 대한 불안감이 일었던 것이 그의 가장 큰 실수였다.

김춘추는 진심으로 이번 생에 벌인, 자신의 가장 큰 실수가 성궤를 찾으러 나선 것을 뽑고 있었다.

아주 큰 귀찮은 일에 제대로 말려든 기분이었다.

그럼에도 불구하고 김춘추의 호기심은 제대로 불을 붙였다.

'리디아 황녀에게 들은 드래곤은 서양의 드래곤과 비슷하게 생겼는데… 이 반지는 동양의 용과 흡사하다니.'

김춘추가 고개를 갸웃하고는 반지를 바라보았다.

끊임없는 의문이 그의 머릿속에 폭주하고 있었다.

"도대체 몇 시간째 반지만 보냐?"

김한기가 투덜거리면서 한마디 했다.

지금 두 사람은 전라남도 여수로 향하고 있는 차 안에 있었다.

"몇 시간은······."

김춘추가 반지에서 시선을 떼고는 말했다.

그가 실제로 반지를 쳐다본 시간은 겨우 1분도 채 안 되었기 때문이다.

"푸르뎅뎅해 가지고는."

김한기가 반지를 힐끔 쳐다보고는 말했다.

"······!"

김춘추는 순간 김한기를 놀란 눈으로 쳐다보았다.

시바 여왕은 이 반지를 알아보는 자는 절대로 있을 수 없다고 단언했다.

몇천 년을 성궤, 반지를 지키던 시바 여왕의 말이니 믿을 수밖에.

그런데 김춘추가 반지의 소유자가 된 지금, 처음 이 반지를 본 자가 반지의 원 모습을 알아보았다.

"왜 그리 토끼 눈을 해 가지고서."

김한기가 김춘추의 반응에 어리둥절해서 물었다.

"좀 놀라운걸."

김춘추가 솔직하게 말했다.

그러고는 텔레파시를 이용해서 김한기에게 물었다.

아무래도 도청의 위험성이 있었기 때문이다.

전세환의 눈에 든 이상…

그의 모든 생활 깊숙이 도청이 따를 수밖에 없었다.

게다가 운전기사도 이제 고용된 지 두 달여밖에 안 되는 사람이니 절대 안심할 수는 없었다.

-이 반지가 푸른색으로 보여?

-난 그런데? 그 반지가 뭔데.

-다른 이들 눈에는 그냥 은반지로 보인다고 들었는데.

-아, 난 또 뭐라고.

-티페, 천계에서 어떤 지위에 있었는데?

김춘추는 김한기와 텔레파시를 나눌 때는 그의 본명인 티페우리우스 엘 칸을 줄여 '티페'라는 애칭으로 불렀다.

-…….

-굳이 말해 주기 싫은 건 강요 안 해. 남들 눈에는 그냥 평범한 민자 무늬의 은반지로 보여.

-어, 그냥 민자는 맞는데?

김한기가 자신도 모르게 고개를 끄덕였다.

'용까지는 보이는 게 아니군.'

김춘추는 김한기를 보면서 속으로 생각했다.

그의 봉인이 풀린다면 틀림없이 이 반지의 정체를 한눈에 간파하리라.

그렇다는 것은 시바 여왕이 말한, 천계의 지고지순한 몇 안 되는 존재에 해당한다는 뜻인데.

김춘추는 문득 13년 전 나타났던 동방천왕을 떠올렸다.

그런 존재가 티페의 호위였다.

그것만으로도 그의 신분이 천계에서 꽤 높다는 것을 추정할 수가 있었다.

'그래도 의외인데. 티페에 대해서는 좀 기다려야겠군.'

김춘추는 속으로 티페, 김한기에 대해서 생각했다.

반지로 인해서 그에 대한 궁금증이 도미노처럼 일었지만, 그렇다고 억지로 입을 열 수는 없었다.

게다가 티페의 존재까지 밝혀지면 더 거대하고 거대한 일에 휘말릴지도 모른다.

김춘추의 본능이 그것을 알려 왔다.

순간 자신도 모르게 어깨를 움찔거렸다.

-그. 거. 빼. 고. 더 할 말 없어?

김한기가 그런 김춘추를 보면서 물었다.

하지만 그의 말속에는, 더는 자신에 대해서 알려 주지 않겠다는 단호한 의지가 섞여 있었다.

-네가 말해 주기 싫은 이상 없는데?

-그 반지가 뭔지 안 알려 주냐?

-나도 말해 주기 싫은데?

김춘추가 싱긋 웃었다.

그가 낀 반지는 카타나 산을 빠져나오면서 얻은 것이 아니었다.

그랬다면 그 자리에 함께 있던 자들이 김춘추의 반지를 못 알아볼 리 없었을 게다.

다들 모른다고 해도 김한기만은 알아채고도 남으니깐 말이다.

이 반지는 밤마다 시바 여왕에게 꿈속에서 괴롭힘을 당하던 어느 날, 그 대가라면서 시바 여왕이 던져 주었다.

그런 까닭에 김한기조차 김춘추가 어디서 반지를 얻어 왔는지, 샀는지 전혀 몰랐다.

반지, 시바 여왕.

김춘추는 다시 한 번 자신의 손에 끼워져 있는 반지를 힐끔 쳐다보았다.

꿈속을 자유자재로 돌아다니며 뜬금없이 반지를 끼워 주는 능력이라니.

솔직히 시바 여왕의 능력만큼은 김춘추도 탐이 났다.

여태껏 살아오면서 보지 못한 능력이었기 때문이다.

하지만 능력 밖의 과한 욕심은 언제나 설사를 하기 마련이다.

김춘추의 솔직한 심정은 그의 눈에 보이는 푸른 용이 사라지길 원했다.

뭔가 거대하고 사악한 계획에 단단히 말려든 것이 틀림없기 때문이다.

그런 김춘추를 김한기는 멀뚱멀뚱한 눈으로 바라보았다.

반지와 죽음 • 47

'저 두 분… 뭐 하시는 거야?'

운전기사는 백미러를 흘끔 보면서 의아해했다.

남자 둘이서 서로 얼굴을 쳐다본다. 뭔가 제스처를 취하는 것도 아니다.

그냥 서로를 바라보았다.

게다가 김춘추의 어깨가 움찔거리기까지 하고.

게다가 반지를 쳐다보는 눈빛이란.

'이건 내가 관여할 일이 아니지.'

운전기사는 이내 두 사람에 대한 관심을 떨어트리려고 머리를 저었다.

하지만… 남자 둘이… 서로를 지그시 쳐다본다니.

뭔가 뭔가 아주아주 이상하다.

두 사람의 사이에 대해서 생각하지 않으려고 해도 자꾸 방금 전 목격한 광경이 떠오른다.

그리고 연속적으로 과거 그들의 행동이 이해가 되기 시작했다.

'어쩐지 그렇게 아름다운 아가씨들에게 관심조차 안 보이시다니.'

운전기사는 침을 꼴깍 삼켰다.

그리고 몸을 부르르 떨었다.

이건 정말 아니다.

남자 둘이 해괴한……. 말도 안 된다.

❖ ❖ ❖

'13년 전……'

박용찬은 그때의 김춘추 모습을 떠올렸다.

그리고 자신이 본 동방천왕의 모습도.

정말이지 잊지 못할 충격적인 사건이었다.

대한민국에서 최고라는 점술사인 그도 한 번도 보지 못한 광경이었다.

신이 현현하다니.

물리적인 모습이 아니더라도 일반 사람들의 눈에…

그것도 영안이 아닌 육안으로 볼 수 있을 정도로 현현하다니.

전설이라면 모를까…

현대에서는 있을 수 없는 일이었다.

그런데 그것보다 더 놀라웠던 것은 자그마한 꼬마가 당황하는 어른들 사이에서 신을 쫓아냈다는 사실이었다.

이런 것쯤은 익히 보았다는 듯이…

이런 것쯤은 별거 아니라는 듯이…

'내가 틀렸군.'

그때 박용찬은 꼬마 아이가 병신이라는 것이 안타까웠다.

만약 정상아였다면 무슨 수를 써서라도 그 무당집에서 빼내 왔을 것이다.

천형 같던 귀머거리에 벙어리가 정상인이 되다니.

어디 그것뿐인가.

왕회장님의 눈에, 그룹의 미래를 해칠 거목으로 자라다니.

그렇다는 것은… 자신에게도 마찬가지라는 의미였다.

딩동.

"누구세요?"

벌컥.

이예화가 인상을 쓰면서 대문을 거칠게 열었다.

초인종을 누르는 것만으로도 상대의 목적을 짐작할 수 있었기 때문이다.

'이 집 준다길래 괜히 좋아했네.'

이예화는 내심 투덜거렸다.

김춘추나 할머니를 찾는 사람들이 종종 오기 때문이다.

그럴 때마다 그녀는 앙칼진 목소리로 상대를 쫓아내곤 했다.

이예화 입장에서는 여간 귀찮은 게 아니었다.

게다가 자신만 두고 할머니와 리디아는 강남 아파트로 이사를 갔지 않은가.

"관악산 꽃선녀님 계십니까?"

50대 남자가, 아니나 다를까 김춘추의 할머니를 찾는다.

일을 접은 지 오래되었건만…

아직도 할머니를 찾는 자들이 종종 있다는 게 놀랍기는 했다.

"이사 갔어요!"

이예화는 평소대로 앙칼지게 대답했다.

그러고는 몸을 돌려 대문 안으로 들어가려고 했다.

하지만 그 순간, 50대 남자 뒤로 7-8세쯤 되어 보이는 동자승 같은 아이가 얼굴을 빼쭘 내밀었다.

"춘추는 없어?"

"어머, 쪼그만 게 너보다 나이 많은 사람의 이름을 마구 부르니?"

이예화가 동자승의 말에 어이없다는 듯, 그러나 귀여운 외모에 살짝 정신이 빠져서 대답했다.

"허험, 김춘추를 아는군."

50대 남자가 이 순간을 놓치지 않고 말했다.

"아……."

이예화는 그제야 자신이 실수했음을 깨달았다.

동자승의 귀여운 반말에 자신도 모르게 말을 흘린 것이다.

"이사 간 것은 사실이에요."

이예화가 입을 삐죽 내밀면서 임기응변으로 대답했다.

"어디로 가면 만날 수 있을까, 학생?"

50대 남자, 박용찬이 점잖게 물었다.

그의 뒤로 동장승이 까만, 칠흑 같은 눈을 반짝거리면서 이예화를 바라보았다.

이예화는 동자승의 눈빛에, 차마 평소처럼 오리발을 더는 내밀지 못했다.

"글쎄요, 춘추는 너무 바빠요. 이사 간 곳을 가시더라도 만나기는 어려울 거예요. 회사 일로 맨날 출장 다니거든요."

"흠, 이거 난처한데."

박용찬이 동자승을 보면서 심각한 표정을 지었다.

"이러면 어때?"

그때까지 잠자코 있던 동장승이 한 발짝 걸어 나오면서 말했다.

"어떻게?"

이예화가 자신도 모르게 호기심이 생겨서 물었다.

동자승은 확실히 이상하다.

그녀의 무언가를 잡아당긴다.

단순히 귀엽게만 생긴 게 아니었다.

뭔가 오묘하고 신기한, 그 이상의 느낌이 담겨 있는 아이였다.

김춘추 이후, 이런 느낌은 처음이었다.

탁.

"누나 집에서 기다릴래."

동자승은 그렇게 말하면서 왼 손바닥 위에 자신의 오른주먹을 내리쳤다.

그 모습이 여간 귀여운 게 아니었다.

"너 내가 누군 줄 알고?"

이예화가 약간은 어이없다는 듯, 동자승의 말에 어떤 거부감이 들지 않는 자신이 이상하다는 듯이 물었다.

"예쁜 여자잖아."

"어머!"

동자승의 아부에 이예화의 볼이 순간 빨개졌다.

어린 녀석이 제대로 여자 기분을 맞출 줄 안다.

"꼭 김춘추를 만나셔야 되겠습니까?"

"너도 궁금하잖아."

동자승은 박용찬에게 반말로 대답했다.

그러는 것에 비하면 박용찬은 시종일관 정중하게 말했다.

"그렇기는 한데, 이 집에서 기다린다고 그를 만날 수 있을까요?"

"난 그럴 것 같은데?"

동자승이 싱긋 웃었다.

"이거 난처하게 되었습니다."

박용찬이 이예화를 보면서 말했다.

처음 보는 사람 앞에서, 그 집에서 김춘추가 올 때까지 기다린다니.

상식적으로 말이 안 됐다.

이예화도 머릿속이 복잡해졌다.

말도 안 되는 일이니 아이를 잘 타일러야 한다는 생각과 함께 저 아이에게 끌리는 자신을 보았다.

아주 묘하게.

뭔가.

"동자승께서 원하시니 시주하는 셈 치죠."

결국 이예화의 입에서 말이 툭 나왔다.

'아차.'

이예화는 순간 자신의 말을 주워 담고 싶었다.

그녀의 주둥아리가 자신의 머리와는 달리 마음대로 움직이고 있었으니.

"다 해결됐네."

동자승이 이예화의 말에 싱긋 웃었다.

"이거 난처하긴 한데……. 그러면 부탁드리겠습니다."

박용찬이 기다렸다는 듯이, 말로는 난처하다면서 재빠르게 인사를 건넸다.

"그러면 저는 가 보겠습니다."

"저, 저기… 제 연락처도 안 물어보시고……. 저, 절 믿으세요?"

이예화는 이 상황에 자신이 왜 빠진 건지 이해도 되지 않왔다.

 게다가 낯선 집에 턱하니 아이를 맡기고 가겠다니. 심지어 이예화의 이름도 묻지 않았다.

 "관악산 꽃선녀님과 그 아들분을 믿습니다. 그분과 인연 되시는 분이라면 제가 굳이 이름을 알 필요도 없을 것 같군요. 차후에 알려 주실 테니 말입니다. 그러면 저는 이만 가 보겠습니다."

 박용찬은 재빨리 말을 마치고 대기하고 있던 승용차에 올라탔다.

 이예화는 어안이 벙벙한 눈으로 박용찬이 탄 승용차를 바라보았다.

 그때…

 스윽.

 동자승이 이예화 옆으로 다가와 앙증맞게 손을 꼭 잡는 게 아닌가.

 '어머나…….'

 이예화는 동자승을 내려다보았다.

 초롱초롱한 눈빛이 자신을 바라보았다.

 홀린다.

 뭔가에.

 위험한 느낌이 한 줄기 바람처럼 스쳐 지나갔다.

 하지만 그뿐.

금세 이예화의 입가에서 미소가 번졌다.
너무도 귀여운 아이다.
형제가 없던 그녀에게 자신을 믿고 의지하는 동자승의 모습은 여간 귀여운 게 아니었다.

⊕ ⊕ ⊕

대미산, 전라남도 여수시의 돌산읍 평사리 일대에 위치해 있는 산이다.
고도 355미터, 돌산도 중북부에 자리 잡고 있으며 정상에 월암 산성 터가 남아 있는 곳이기도 했다.
"여깁니다."
유씨는 조심스러운 눈길로 김춘추와 김한기에게 말했다.
유씨의 손가락이 가리키는 곳은 커다란 동굴이었다.
대미산 중턱에 이런 동굴이 있다니.
김춘추는 이마를 찡그렸다.
확실히 신정근의 말이 맞다.
"저어, 비밀로 해 주셔야 합니다."
유씨는 허리를 연신 굽실거리면서 조심스럽게 말했다.
"사실이 밝혀지면 증언하셔야 합니다."
김춘추가 낮게, 그러나 단호하게 말했다.
"제 목숨이 왔다 갔다 합니다. 제가 이렇게 두 분을 이곳에 안내한 것만으로도……."

유씨는 난처한 빛을 띠었다.

10분 전, 이곳을 배회하지 않았더라면…

두 사람을 만날 리도 없었을 텐데.

동굴 근처를 배회하던 자신의 모습을 후회했다.

"두 다리 뻗고 주무시고 싶었잖습니까?"

김춘추는 그런 유씨를 달래듯이 아까와는 달리 부드럽게 말했다.

그는 동굴 근처를 배회하던 유씨를 예사롭지 않게 보았다.

그의 눈빛에 서려 있던, 양심의 가책이 배어 있는 눈빛이었다.

유씨는 그의 말에 고개만 끄덕였다.

한 사람이 죽었다.

사실 그 사람의 이름도 나중에 신문을 통해서 알았다.

신오수.

23살의 청년, 가스 배달부라고 했다.

이곳에서 의문의 자살을 한…….

하지만 생뚱맞게 인천에서 가스 배달부를 하던 그가 고향인 돌산읍까지 와서 자살할 이유가 없었다.

그러는 과정에서 자살 직전, 3일 동안 서부경찰서에서 그를 목격했다는 말이 흘러나왔다.

신오수의 전 집 방바닥에서 23장의 삐라가 발견되고, 이를 방주인이 경찰에 신고를 했다.

서울 서부경찰서 대공과 소속 경찰관이 신오수를 바로 구속한 것은 사실이었다.

하지만 서부경찰서에서는 3일 후 석방했다고 발표했다.

결국 모든 것은 자살로 몰렸다.

경찰서는 황급히 사건을 종결시켰다.

모두가 납득하지 못했지만…

경찰에서 그렇게 발표하면 그만인 세상이었다.

"꼭 여길 와야 하냐?"

김한기가 투덜거렸다.

"약속했으니."

김춘추가 짧게 대답했다.

"하필 내 빌딩 옥상에서 뭔 지랄이람."

김한기는 투덜거리면서도 동굴 안으로 어느새 걸어가고 있었다.

그 와중에도 자신의 빌딩임을 강조하고 있었다.

김한기의 물욕, 돈 욕심은 여전했다.

김춘추는 그의 말에 크게 괘의치 않았다.

"뭐, 인연이지."

김춘추는 신오수의 아버지 신정근을 떠올렸다.

이 사건은 명백하게 대공과 수사관들 손에 은폐되었다.

"인연은 개뿔, 강남 대로변에 10층짜리 빌딩 하나 크게 올렸는데 완공 날 자살 소동이라니……."

김한기는 생각만 해도 짜증 난다는 듯이 말했다.

그도 그럴 것이…

어떻게 공들여 세운 빌딩인데.

신정근이라는 작자가 지 자식의 억울한 죽음을 푼다고 완공식을 갖는 빌딩 옥상에 올라가서 자살 소동을 벌였다.

빌딩이 강남 대로변에 지어진 만큼, 이제 막 핫 플레이스로 떠오르는 강남인 만큼, 신정근의 이런 행동은 많은 사람들의 주목을 받았다.

"큰 댐은 작은 구멍에서 시작해서 무너지는 법이지."

김춘추는 김한기의 말에 동문서답처럼 대답했다.

"그게 뭔 소리여?"

"그런 게 있어."

김춘추가 씨익 웃었다.

이 땅에 민주화가 오려면…

절대 권력의 치하를 무너뜨리는 일은 작은 구멍, 그 구멍들이 모여서 큰 댐이 무너지는 법이다.

오랜 경험을 통해서 김춘추는 그것을 알고 있었다.

그의 친우 이중대가 5.3인천사태의 책임을 지고 잡혀 들어갔다.

물론 그것에 대한 연민이나 동정심 때문에 신오수의 미스

테리한 죽음을 풀려고 하는 것은 아니다.

이 땅 위의 민주화.

민주화를 위해서였다.

절대 권력, 전세환은 김춘추를 건드렸다.

잠자는 사자의 코털을 건드린 것이다.

물론 전세환은 절대 모를 것이다.

자신이 누구를 건드렸는지.

'똑똑히 보여 주마.'

김춘추는 속으로 전세환의 모습을 떠올리고는 으르렁거렸다.

신오수의 미스테리한 죽음, 신정근이 자신들의 회사가 있는 빌딩에서 자살 소동을 벌인 것은 어쩌면 천재일우였다.

"허허, 이것 참."

김한기가 동굴 안에서 고개를 갸웃거리면서 외쳤다.

"대략 높이가 2미터 50센티미터 정도 되겠는데."

뒤따라 들어온 김춘추가 재빨리 동굴 안을 훑어보고는 말했다.

"양팔과 몸통이 허리띠로 묶여 있었다고 했나……."

김춘추는 신문 기사를 떠올리면서 주변을 두리번거렸다.

아무리 가정을 해도 자기 자신의 몸을 먼저 묶고 자신의 키보다 높은, 접근이 불가능한 바위까지 올라가 목을 매야 자살이 가능했다.

이것은 2중, 3중으로 불가능한 조건이었다.
"그만 보셨으면 가시죠."
유씨는 안절부절못하면서 말했다.
"경찰들이 뭐랍니까?"
김춘추가 매의 눈으로 유씨를 바라보면서 물었다.
"그, 그게… 현장 검증을 제대로 재현 못하더군요."
유씨는 안타까운 눈빛으로, 그러나 불안한 시선을 떨구지 못하면서 대답했다.
"역시."
김춘추는 고개를 끄덕였다.
모든 상황은 파악했다.
현장 검증까지 마쳤으니.
'한바탕 시작해 볼까.'
김한기와 유씨는 무언가 골몰히 생각하고 있는 모습의 김춘추를 불안한 눈으로 바라보았다.

✦ ✦ ✦

진철호는 골치가 아팠다.
신오수 자살 사건 때문이다.
적당히 덮으면 그만일 줄 알았던 사건이 그 애비로 인해서 언론의 주목을 받았다.

반지와 죽음 • 61

'개새끼, 그놈도 잡아넣었어야 했는데.'

진철호는 입맛을 다셨다.

서울 서부경찰서 대공과 수사관으로서 여태껏 그가 손댄 일에 걸림돌은 없었다.

그의 한마디면 찍소리 한 번 낼 수 없었으니.

그런데 신오수 사건이 이상하게 불똥이 튀었다.

그 탓에 이번 승진은 물 건너갔다.

위에서는 하루빨리 언론을 조용히 시키라고 난리였다.

"제길, 답답하네."

진철호가 점심을 먹다 말고 인상을 쓰면서 중얼거렸다.

"아이고, 수사관님께서 왜 이러실까."

진철호의 옆에서 함께 점심 식사를 하던 애화, 진철호의 애인이자 88룸살롱의 새끼 마담은 배시시 웃으면서 코맹맹이 소리를 냈다.

"어디 한번 가자. 답답해서 미치겠다."

진철호가 탐욕스런 눈빛으로 애화를 바라보았다.

"점심 드시다 말고 이러시면 반칙인 거 아시죠? 호호호."

"이년아, 요 며칠 밤 샜단 말이다."

"알아요. 그래서 수사관님 뵈려고 제가 점심시간에 찾아왔잖아요."

애화는 몸을 살짝 틀면서 진철호의 몸에 자신의 몸을 갖다 대었다.

그것만으로도 진철호의 그것이 급격히 부풀어 올랐다.

"빨리 나가자."

"어머, 급하셔라. 호호호."

애화가 웃으면서 자리에서 일어섰다. 진철호도 그녀를 따라나섰다.

두 사람은 곧 인근 여관에 들어갔다.

"호텔로 갔어야 하는데."

애화가 여관의 낡은 침대를 보고 인상을 찡그리면서 다소 어색하게 말했다.

"호텔 갈 시간이 없잖아. 우리 애화가 날 봐서 좀 참으라고."

진철호는 그렇게 말하는 와중에도 바지를 벗느라 여념이 없었다.

"호호호, 수사관님 너무 급하시다."

애화는 애교 섞인 목소리를 내었다.

"시간이 없다고."

진철호는 손을 뻗어 애화의 치마 속으로 향했다.

"어머, 어머."

애화가 콧소리를 내면서 말했다.

그러면서도 옷을 쉽게 벗지 않았다.

평소라면 진철호보다 애화가 먼저 전라가 되었을 텐데.

오늘따라 평소보다 더 그를 애태우고 있었다.

점심시간에 밥 먹다 말고 여관에 들어온지라…

진철호만 애가 탔다.

신오수 사건 때문에 자리를 오래 비울 수가 없었기 때문이다.

"저 쉬하고 싶어요. 오호호홍, 부끄러워라."

애화가 자신의 치마 속에 들어온 진철호의 손을 피하려고 몸을 한 번 더 틀면서 말했다.

"이년아, 급한데 왜 이러냐."

진철호는 아랑곳하지 않고 더욱 억세게 애화의 치마 속을 더듬었다.

"어머어머, 저 쉬 나와요. 호호홍."

애화가 부끄럽다는 듯이 웃었다.

진철호도 그런 그녀에게 더 이상 우길 수가 없었다.

생리 현상을 어떻게 막을 수는 없으니깐 말이다.

"빨리 나와."

"조금만 기다려요. 내 금방 다녀올게요."

애화가 애교 섞인 코맹맹이 소리로 대답하고는 화장실 쪽으로 들어가 버렸다.

진철호는 그사이 자신의 몸에 붙어 있는 옷을 전부 다 벗었다.

제법 다부진 몸매가 드러났다.

화장대에 붙어 있는 거울을 본 진철호의 입가에는 만족스러운 빛이 떠올랐다.

그때, 거울에 한 사람이 자신의 뒤로 다가오는 것이 비쳐졌다.

"뭐야!"

빙그르르.

진철호는 재빨리 몸을 돌렸다.

하지만 그의 뒤로 다가오던 상대방의 주먹이 더 빨랐다.

퍼억!

순간 진철호는 눈앞이 캄캄해지는 것을 느꼈다.

진철호가 의식을 찾은 후 제일 먼저 들어온 것은 사방이 캄캄하다는 것이었다.

그의 몸은 의자에 묶여 있었다.

"언놈이 나를 묶었어! 내가 누군 줄 알고. 개새끼, 십팔 놈아, 네가 누구를 건드렸는지 알아!"

진철호는 입에서 나오는 대로 마구 고함을 질렀다.

……

하지만 사방은 무섭게 조용했다.

"내가 제시간에 경찰서에 돌아가지 못하면 어떻게 되는 줄 알아? 곧 나를 찾으러 경찰들이 사방에 깔릴 거다! 그때 니놈은 가만두지 않을 테다!"

진철호가 계속 지껄였다.

반지와 죽음 · 65

하지만 여전히 아무런 대꾸도 없었다.
그야말로 적막.
어두운 실내에 그 혼자만이 의자에 묶여 있었다.
진철호는 점차 공포감에 젖었다.

뚝.
뚝.
그가 묶여 있는 의자 바로 위, 천장에서 물방울이 한 방울씩 그의 머리로 떨어졌다.
뚝.
뚝.
사방이 고요한 가운데 물방울 떨어지는 소리가 점차 진철호의 귀에는 크게 들리기 시작했다.
별거 아닌 물 한 방울.
그런데 그것이 그의 머리 위로 떨어진다.
계속해서……
진철호는 이 물방울의 의미를 잘 알고 있었다.
고문 중 가장 악의적인 고문이었다.
언뜻 보면 물 한 방울이 뭐가 두렵냐고 하겠지만.
인간의 심리는 그렇지 않다.
아무것도 보이지 않고 들리지 않는 데서 물 한 방울이 계속 떨어지는 소리는 점차 온 신경을 긁게 된다.

종국에는 미쳐 버리게 되는 것이 바로 물 한 방울의 힘이었다.

진철호는 자신도 모르게 사지를 떨었다.

상대는 고문에 능숙한 자다.

그렇지 않고서야 이 방법을 쓸 리가 없다.

자신을 납치하고, 단순히 몸에 위해를 가하는 것이라면 어느 정도 참을 수가 있다.

그런데 아무도 없는 적막하고 어두운 방에 집어넣고 이런 고문을 쓰다니.

더구나 자신은 수사관이자 용의자들이 자신들의 범행을 실토하게 만드는 능수능란한 고문관이지 않은가.

무엇보다 고문에 대해서 잘 아는 진철호로서는…

지금 이 상황에 자신이 빠진 것이 얼마나 큰 위협인지 잘 알고 있었다.

그리고 그것은 커다란 두려움으로 그를 강타했다.

"혀… 협상하자… 제발 협상하자!"

그는 있는 힘껏 소리를 질렀다.

툭.

툭.

툭.

그 와중에도 그의 머리 위로 물방울이 떨어진다.

미치겠다.

한 방울이 그의 머리에 닿는데도 불구하고 온몸의 신경이 바짝 올라섰다.
　마치 개미가 그의 전신을 구석구석 돌아다니는 것처럼.
　정말이지 미치고 팔짝 뛸 지경이었다.
"협상하자! 무엇이든 말하겠다!"
　진철호는 다시 한 번 부르짖었다.
"신오수에 대해서 자백하라."
　어디선가 늙은 남자의 목소리가 들렸다.
　언뜻 듣기에도 나이를 알 수 없도록 음성을 변조한 것이 틀림없었다.
　상대는 정말 치밀했다.
"신오수……."
　진철호는 입술을 꽉 깨물었다.
　툭.
　물 한 방울이 떨어졌다.
　그의 온몸 신경이 또 한 번 끓어오른다.
　상대는 진철호를 재촉하지 않는다.
　더구나 상대의 모습도 보이지 않았다.
　진철호는 목소리가 날아온 방향을 보았다.
　아무것도 없다.
　물론 어두워서라고 하지만…
　호흡 소리조차 들리지 않았다.

섬뜩.

물 한 방울 소리조차 예민해진 진철호의 청각에 어떻게 상대의 호흡 소리가 들리지 않는 걸까.

무섭다.

"신오수는……."

진철호는 자신도 모르게 입을 열었다.

신오수 사건을 평생 모른 채하고 살 줄 알았다.

어떻게든지 위에서 이 사건을 덮을 테니.

그런데 이렇게 빨리 신오수 사건을 자백하게 될 줄이야.

하지만 이대로 죽는 것보다는 낫다.

이 공포감에서 탈출할 수만 있다면.

상대는 진철호의 말에 아무런 대꾸도 하지 않았다.

하지만 그것이 더 무섭다는 것을 진철호는 잘 알고 있었다.

그 자신이 고문관이기도 했으니.

"그 녀석이 약했어. 물에 처넣었는데 그렇게 쉽게 죽을 줄이야."

진철호가 그때 일을 떠올리면서 변명하듯이 말했다.

그의 말은 사실이었다.

보통 용의자들을 고문할 때 물고문을 가장 많이 선호했다.

그런데 신오수는 여수 출신임에도 불구하고 물 공포증

이 있었다.

더구나 삐라 23장에 대해서 끝까지 주장을 바꾸지 않았다.

방위 복무를 했던 그는 포상 휴가를 받기 위해서 삐라를 모았다고, 결백을 주장했다.

하지만 수사관들에게 그런 진실 따위는 필요 없었다.

실적에 맞게, 그를 간첩으로 몰고자 했다.

'역시……'

김춘추는 진철호의 자백에 속으로 분개했다.

짐작은 했다.

이렇게 자백을 받기 위해서 얼마 없는 마나를 사용하면서까지 1서클의 기척 지우는 마법을 시현한 것이 도움이 되었다.

그는 진철호의 심리와 그의 지위를 이용해서 그를 납치하고 지금과 같은 상황을 꾸몄다.

저런 자들에게 폭력조차 아까웠다.

그리고 폭력에 익숙한 자들은 폭력으로 다루어 봐야 쉽게 입을 열지 않는다.

손만 아플 뿐.

김춘추는 자신의 품속에 있는 녹음기를 재생시켰다.

진철호의 자백이 흘러나왔다.

"저, 저 죽습니다!"

진철호가 녹음기의 제 목소리를 듣고 외마디 비명을 질렀다.

그의 얼굴은 사색이 되었다.

"그렇겠지. 좋은 수가 있는데."

김춘추가 뜸을 들였다.

"살 수만 있다면 무엇이든지 하겠습니다!"

진철호가 애절하게 소리쳤다.

하지만 김춘추는 대꾸하지 않았다.

그것이 더 진철호의 애를 태웠다.

"제… 제발… 무엇이든 하겠습니다!"

"좋다. 그곳에서 있었던 일들을 전부 자백하면 이곳에서 있었던 일은 네 탓으로 돌리지 않지."

김춘추가 선심 썼다는 식으로, 자신의 기척을 지우는 것에 다시 한 번 주의하면서 말했다.

"무, 무엇이든 말하겠습니다. 대신 절 돌려보내 주십시오. 제가 오래 비우면 경찰서에서 절 의심합니다."

"제 목숨은 아까워하는군."

김춘추가 냉랭하게 말했다.

"제발, 살려 주십시오."

"말하라."

"그게… 이, 이런 일도 있었습니다……."

진철호는 제 목숨이 구제받을 희망이 있음을 알고 자백

하기 시작했다.

한 번 하는 것이 어렵지, 입을 열다 보니 이런저런 자백들이 그의 입에서 흘러나왔다.

그것을 듣는 김춘추는 기가 찬 표정을 지었다.

절대 권력 아래 수많은 젊은이들의 목숨이 한낱 어이없게 사라졌다.

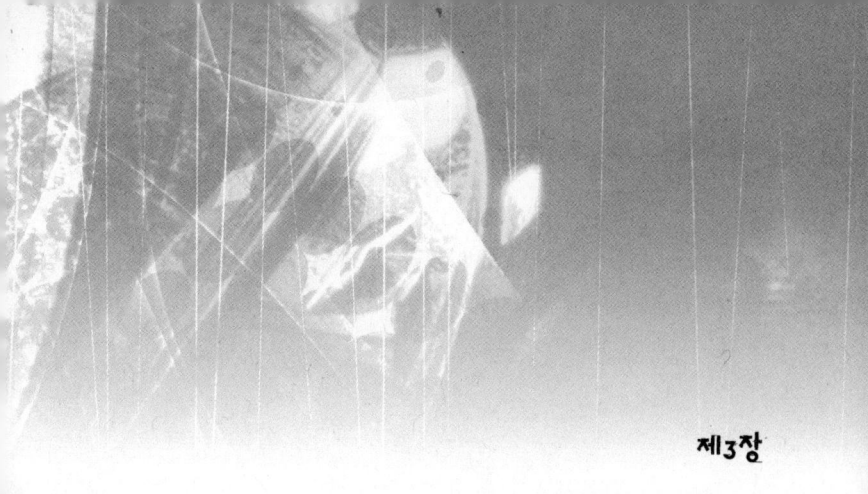

제3장

흔들리는 세상

신오수의 시신이 발견된 지 한 달 뒤, 7월 19일 조간신문에는 일제히 신오수 사건의 전말에 대해서 보도를 했다.

전날 밤, 익명으로 모든 신문사에 진철호의 증언이 담긴 녹음 사본이 전부 돌아간 것이다.

조선일보 등 유수의 신문사들은 녹음 사본을 들고 다소 고민했다.

하지만 녹음 사본이 자신들뿐 아니라 지방 신문사에까지 뿌려져 있음을 확인하고는 다음 날 조간 특보로 넣기로 결정했다.

대경찰청 경찰청장실.

경찰청장 박문선은 부하들에게 고래고래 소리를 질렀다.

"도대체 이게 뭐야! 니들은 눈깔이 있으면 이걸 보겠지!"

휘익.

신문 한 장이 펄럭이다가 바닥에 떨어졌다.

하지만 여전히 경찰청장실엔 정적만이 가득 찼다.

10여 명의, 대경찰청에서 내로라하는 자들이 서로의 눈치를 보면서 자신들에게 소리를 지르고 있는 상관에게서 벗어나길 바랄 뿐이었다.

그들은 잔뜩 위축된 자세로 고개를 푹 숙이고 있었다.

이미 벌어진 일.

수습한다고 했는데 불똥이 엉뚱하게 더욱 번졌으니.

"진철호 놈은 어디 갔어!"

박문선은 그런 부하들의 태도에 더욱 열이 받았다.

"집에 구류 중입니다."

인천택이 간신히 입을 열었다.

"집에 편히 잘 있어? 좋겠구만. 니놈들이 아주 그놈을 감싸고돌고 있군. 말해 봐! 니들도 한패 아니야? 니들이 일부러 사고 쳐 놓고는 날 물 먹여서 이 자리에 떨어트리려고 신문사에 언질 준 거 아니냐고!"

퍽, 퍽, 퍽.

박문선은 열에 받쳤는지 소리 지르는 것만으로도 만족을 못했는지, 일렬로 서 있는 부하들의 가슴팍을 주먹으로 강타했다.

휘청.

박문선의 주먹 세례를 받은 운 나쁜 몇몇 자들이 몸의 균형을 잃었다.

부하들의 얼굴에서 식은땀이 흐르고 있었다.

박문선이 이러는 것도 당연했다.

신오수의 죽음, 경찰청 내에서는 흔히 있는 과한 고문의 결과였다.

하지만 이 모든 일이 단순히 고문관들의 실수로 치부하기에는 이들도 억울했다.

상부에서 내리는, 무조건적인 실적 위주의 진술을 받아 내려다 보니 일에 억지가 따르기 때문이다.

타악.

"해결 방법 있어? 아니, 무조건 해결해!"

박문선이 자신의 책상 위에 놓여 있는 검정색 결제판을 들고 바닥에 내리치면서 소리쳤다.

"그… 그게……."

인천택이 기어 들어가는 소리로 상황이 어렵다는 것을 설명하려고 했다.

이미 모든 여론의 집중 포화를 받고 있는 상태.

대경찰청 앞에는 기자들로 우글거렸고.

이 사태를 해명하라는 시위대들이 여기저기에서 데모를 하고 있었다.

저벅저벅.

"아직도 할 말 있나?"

박문선은 인천택의 바로 코앞까지 걸어왔다.

그러고는 으르렁대면서 낮게 속삭였다.

"해결해. 못하면 니들 다 죽어. 니들 손에 진철호 있잖아."

"……."

"병신새끼들, 내가 이런 말까지 해 줘야 알아든나 보지."

박문선이 조롱하듯이 말하고는 문 쪽을 향해 턱짓을 했다.

나가 보라는 뜻이었다.

"충성."

인천택과 9명의 부하들은 그 와중에도 박문선에게 경례를 하고는 서둘러 경찰청장실을 빠져나왔다.

모두의 낯빛이 어두웠다.

특히, 중책을 맡은 인천택은 더했다.

서로가 서로의 얼굴을 똑바로 보지 못한다.

가장 하기 싫은 선택.

인천택은 아랫입술을 꽉 깨물었다.

그의 머릿속에서도 박문선과 다름없는, 같은 방법만이 떠올랐다.

다른 대안이 없었다.

그 역시 태생적으로 박문선과 같은 인물이니깐.

그 나물에 그 비빔밥.

인천택은 서둘러 대경찰청을 나섰다.

아무래도 그런 지시를 내리기에는 대경찰청 안은 조심스러웠다.

✦ ✦ ✦

그로부터 며칠 후.

모든 신문사는 일제히 진철호의 자살을 신문 1면에 다뤘다.

그의 시신 옆에 있던 유언장을 함께 싣고 있었다.

유언장에는 자신이 고문을 하다 신오수가 죽게 되자, 그 사실을 은폐하기 위해서 일을 꾸몄다는 내용이 실려 있었다.

대경찰청은 언론을 통해 이 사실을 유감으로 발표하고는 신오수 가족들에게 책임지고 보상하겠다는 내용을 발표했다.

그것으로 이 사건은 일단락이 되었다.

김춘추는 방금 배달된 신문 기사를 노려보듯이 쳐다보았다.

신오수 사건에 관한 대경찰청의 발표문이 담겨 있었다.

'이렇게 될 줄 알았지만.'

김춘추는 자신도 모르게 신문을 움켜쥐었다.

상부에서 지시를 내렸다는, 진철호의 자백이 담긴 내용들은 그 어느 신문사에도 찾아볼 수가 없었다.

더구나 신오수 사건 외의 다른 사건들에 언론은 침묵하고 있었다.

'이것이 현실인가.'

김춘추는 이맛살을 찌푸렸다.

그렇지만 그는 이 상황을 담담히 받아들였다.

과거에 이보다 더한 곳에서도 태어났다.

그러니 새삼스러울 일도 아니었다.

'내가 사는 세상은 내가 만들어 낸다.'

김춘추의 한쪽 입꼬리가 살짝 올라갔다.

점점 이곳의 삶이 즐거워진다.

도전할 수 있는 세상이 즐겁다.

그의 입가에 점점 미소가 번져 갔다.

"혼자서 뭘 그렇게 실실 쪼개냐?"

김한기가 거실로 나오다 김춘추의 모습을 보고는 물었다.

"그런 게 있어."

"재밌는 일이면 나도 같이하자."

"물론이지."

김춘추가 김한기의 말에 고개를 끄덕였다.

"진짜?"

김한기가 믿겨지지 않는다는 듯이 되물었다.
동시에 뭔가 이상한 느낌이 들었다.
김춘추가 이렇게 쉽게 수긍할 리가 없는데.
"신오수 사건이 간단히 정리됐어."
김춘추가 입을 뗐다.
"어떻게 됐는데?"
김한기는 그제야 잊고 있던 동굴을 떠올리면서 물었다.
"고문관 하나가 자살하면서 전부 책임졌더라고."
김춘추는 그렇게 말하면서 한쪽 입꼬리를 천천히 치켜세웠다.
섬뜩.
'저 녀석, 독을 품었군.'
김한기는 김춘추의 모습을 보는 순간 자신도 모르게 오한이 날 지경이었다.
"재밌어."
김춘추가 나지막하게 속삭이듯 말했다.
'위험해.'
김한기는 본능적으로 귀찮은 일에 휘말릴 것을 직감했다.
"어, 음… 그렇군. 어어, 난 1층에 내려가 봐야겠다."
김한기가 허둥대면서 말했다.
씨익.
"1층에 내려가서 뭐하려고?"

김춘추가 웃는다.

김한기는 본능적으로 지금이 위험하다는 것을 깨달았다.

자칫하면 저 녀석의 위험한 일에 말려든다.

"밥 먹어야지. 아침을 조금밖에 안 먹었더니 배가 고프네."

"밥… 내가 아주 맛있는 밥을 사 주지."

"맛있는 밥?"

김한기는 김춘추를 얼른 피해야 한다는 뇌의 경고도 잊은 채 그 자리에서 우뚝 서서 물었다.

"응. 삼청각 알지?"

"설마 거기로 데려간다는 거야?"

"먹으러 갈까?"

"그, 그럴까? 아……."

김한기는 무심코 대답했다가 문득 김춘추의 눈과 마주쳤다.

'위험해.'

그의 본능이 다시 한 번 경고를 날리고 있었다.

"그냥 조금만 더 먹으면 되는데 굳이 그런 데 가서 돈 쓸 필요가 없지 않나……."

김한기가 중얼거리듯이 말했다.

"곧 점심 먹을 시간도 됐네. 나가자."

김춘추가 딱 잘라 말했다.

"……."

김한기는 갈등했다.

모처럼 쉬는 날, 김춘추의 일에 휘말리고 싶지 않다는 본능과 그가 어떤 일을 벌일까 하는 호기심 사이에서 흔들렸다.

예전이라면 김춘추의 일에는 선뜻 따라나서겠지만 너무도 많은 일이 폭풍처럼 일어나고 있는 지금은 웬만하면 휘말리지 않고 관망만 하는 것이 더 좋다는 결론을 내리고 있었다.

뭔가 아주 위험하다.

김한기는 결국 마지못해 차를 탔다.

하지만 차 안에서도 김춘추는 무언가 곰곰이 생각하는 듯했다.

그 모습이 섬뜩하기도 하고 달갑지 않았다.

평소의 김춘추다운 모습은 아니었다.

김한기로서는 김춘추가 엉뚱한 일에 괜히 휘말리는 것처럼 보였다.

그가 어떤 인생을 살아왔는지.

아무리 오랜 인생을 살아왔다고 해도…

인간은 인간.

이번 생이 주는 그 의미는 수천, 수만의 인생보다 더 특별할 것이다.

그런 만큼 노인의 혜안을 가지고 있어도 젊은이의 혈기는 당해 내지 못하는 법이었다.

김춘추의 나이가 이제 20세이니…

아무리 그라고 해도 육신의 혈기는 제어하지 못할 수 있었다.

더구나 요사이 김춘추는 무리한 사업 확장과 대출을 반복하고 있는 터였기 때문에 김한기가 이리 걱정하는 것도 어찌 보면 당연했다.

그 자신이 감당하기에는 너무 지나친 사업의 확장, 뜻하지 않게 휘말린 자살 소동으로 인한 권력과의 마주침 등등.

이런 것들은 위험하다.

아주 위험한 것들이었다.

김춘추가 인지하고 자신의 손바닥 안이라고 여긴다고 해도 그것은 그의 생각일 뿐.

대부분의 젊은이들은 자신이 하고 있는 일이 위험하다는 것을 인지 못하는 경우가 꽤 되었다.

원래 사고가 나려면 그러는 법이었다.

불감증.

그 시기에 있을 때는 위험한지 어쩐지 판단을 잃기 쉬웠다.

그러니 김한기가 볼 때는 지금 이 상황은 위험한 도박이

자 쓸데없는 간섭이라 여겨졌다.

그는 김춘추를 아껴 왔다.

다른 인간들과는 다른 특별한 무언가가 있기 때문이다.

그런 만큼 그가 이런 일에 휘둘리지 않았으면 하는 마음도 있었다.

김춘추를 지켜보고 지내는 동안 그에게 애정이라면 애정이라고 할 수 있는 감정이 생겨났기 때문이다.

가능한 김춘추가 이 선에서 멈추었으면 좋겠다.

하지만 그는 브레이크가 없는 폭주기관차처럼 질주를 하고 있었다.

그의 무대는 대한민국을 넘어서 세계로 뻗어 가고 있었지만 그는 만족하지 않았다.

그렇다고 그 자신의 이름을 세계 만방에 알리려는 것도 아니었다.

도무지 알다가도 모를 그의 속내였다.

게다가 이런 쓸데없는 일에 휘말리기나 하고.

'사업을 할 거면 사업만 하지.'

김한기는 마땅찮은 눈빛으로 김춘추를 바라보았다.

솔직히 사업에만 몰두해도 버거운 상황이 여기저기 속출하고 있기 때문이다.

이렇게 한가하게 한 젊은이의 죽음과 그 진실 너머를 파헤쳐 권력과 굳이 싸우려는 것 자체가 오만이라는 생각이

들었다.
 잠시 후, 그들이 도착한 곳은 대원각이었다.
 "어, 삼청각 간다고 하지 않았어?"
 김한기가 의아한 듯한 표정을 지었다.
 "누가 있어서."
 씨익.
 김춘추는 그렇게 대답하면서 살짝 웃었다.
 "어련하겠어."
 김한기는 묻기를 포기했다.
 지금 그가 뜯어 말린다고 해도 김춘추는 자신의 고집을 포기하지 않을 것이다.
 계속해서 자신이 반대한다면 자신마저 계획에서 뺄 가능성이 컸다.
 하지만 김한기는 위험하면서도 재미있는 김춘추의 인생에 관여하는 것이 좋았다.
 아끼는 마음에서 하지 않았으면 하고 바라는 것과는 별개로.
 보통 인간들로서는 생각할 수 없는, 행동할 수 없는 그런 생각과 행동을 보여 주는 김춘추를 따라다니는 재미가 꽤 쏠쏠했기 때문이다.
 게다가 김춘추는 김한기 그 자신도 도구로써 이용하지 않는가.

마음 한구석에서는 위험하다는 알람이 켜져 오고, 간섭하고 싶지 않다는 경고등이 울리지만…

그래도 인연이 된 거, 이왕지사.

즐겨야지.

김한기는 고개를 절레절레 흔들면서 마음을 정했다.

죽이 되든 밥이 되든 김춘추를 끝까지 따라가 보기로.

대한민국 3대 요정 중 하나인 대원각은 삼청각과는 또 다른 맛이 있었다.

성북동에 위치한 대원각 안에는 넓게 펼쳐진 숲 속에 여러 채의 기와집들이 세워져 있는 풍경이었다.

그야말로 선비의 풍류가 깃들어진 멋들어진 곳이었다.

게다가 빼어난 미모의 기생들과 풍악이 뛰어난 곳이기도 했다.

"어서 오세요."

"오셨어요."

두 명의 기생이 미리 연락을 받았는지 김춘추와 김한기가 차에서 내리기도 전에 달려와 반겨 주었다.

애향이와 향월이.

기생들은 둘 다 미색이 출중했다.

하지만 리디아 황녀의 미모에 이미 익숙해져 있는 이들에게는 그저 평범한 여인네들에 불과했다.

하지만 그녀들의 애교만큼은 정말 대단했다.

김춘추와 김한기를 방으로 안내한 그녀들은 상다리가 부러질 정도로 진기하고 맛있어 보이는 음식들을 내왔다.

그리고 열심히 이들의 음식 시중을 들어 주었다.

거기다가 풍악을 담당하는 3명의 어린 기생들이 열심히 가야금 등을 뜯으면서 분위기를 돋웠다.

대낮에 이런 향락을 벌이는 것이 이곳에서는 별 대단한 일이 아니었다.

보통 평범한 사람들은 저녁 회식 자리가 끝나고 2차, 3차로 술집에 가서 향락을 즐기지만 권력가들에게는 그런 저녁이나 밤 시간보다 아무도 모르는 이런 낮 시간을 선호하는 이들도 간혹 있었기 때문이다.

"오빵, 조금만 더 먹어여~"

애향이가 갈빗살을 뜯어 김한기의 입에 넣어 주면서 달콤하게 속삭였다.

"어… 어."

김한기는 그녀가 넣어 주는 대로 갈비를 씹지도 않고 삼켰다.

애향이의 향긋한 머리카락 냄새가 그의 후각을 진동시켰다.

"킁킁킁……."

김한기는 애향이의 머리카락 냄새를 맡아 댔다.

"아잉, 개도 아니면서. 오홍홍홍."

애향이 부끄럽다는 듯이 손으로 입을 가리면서 웃었다.

"네년이 좋아서 그런 게 아니다. 무슨 비누를 쓰는지는 몰라도 냄새가 좋구나."

김한기는 애향이의 말에 무안해하면서 말을 얼버무렸다.

하지만 애향이는 김한기의 속내를 알겠다는 듯이 한복 치맛단을 살짝 손으로 잡아끌었다.

그러고는 제 몸을 바짝 김한기에게 붙여 왔다.

이내 애향의 입술이 김한기의 귓가에 다가왔다.

"원하시면 밤새 맡게 해 드릴게요."

"어… 어."

김한기는 애향의 말에 당황한 채 김춘추 쪽을 슬쩍 바라보았다.

끄덕끄덕.

김춘추가 슬쩍 웃으면서 신호를 보내 왔다.

'저놈 속셈이 도대체 뭐지?'

김한기는 순간 갑갑해졌다.

그로부터 1시간 후, 애향이가 김한기를 안내한 곳은 대원각 후미진 곳에 위치한 건물이었다.

아무래도 이곳은 남녀 간의 비밀스런 일이 벌어지는 장소인 듯싶었다.

대원각을 주로 찾는 특별한 손님들을 위한 공간.

김한기와 애향이 사라진 방, 그 옆으로 김춘추는 다른 기생과 함께 들어섰다.

'새파란 놈이 연기도 잘해.'

김한기는 곁눈으로 기생의 어깨를 감싸고 천연덕스럽게 방으로 들어가는 김춘추의 모습을 쳐다보았다.

그러고는 이제 고개를 젓고는 애향이의 허리를 감싸 쥐고는 자신이 들어가야 할 방으로 들어섰다.

대충 이 건물 안에 있는 사람들은 6명.

자신들의 일행을 빼면 2명이 남는 셈이었다.

그중 한 명은 기생일 테니.

나머지 한 명이 타깃이겠지.

"먼저 씻으세요."

애향이 나지막하게 속삭이면서 김한기를 향해 배시시 웃었다.

"이년아, 조용히 해."

김한기가 아까와는 다르게 퉁명스럽게 말했다.

"혹시 제가 거슬리게 한 것이라도……?"

애향은 민망스러운 표정으로 물었다.

"대답도 귀찮다. 저기 들어가 있어라."

김한기는 욕실 쪽을 가리키면서 말했다.

애향은 가만히 고개를 끄덕였다.

대원각의 기생인 만큼 남들보다 손님의 기분을 헤아리는

데 눈치가 빨랐다.

이런 상황에서 다른 태도를 취했다가는 날벼락이 떨어질 것이 분명했다.

손님들 중 이런 자들이 꽤 있다.

변덕스럽고 난폭하고 거친 자들.

애향은 재빨리 욕실 안으로 들어가 버렸다.

'이제 좀 조용하군. 어디 들어 볼까.'

김한기는 침대 위에서 가부좌를 틀고 김춘추를 떠올렸다.

강하게 이어져 있는 두 사람의 연대감 때문에 김춘추의 모습을 잡는 데는 어렵지 않았다.

김춘추가 함께 들어온 기생을 잠재우고는 방을 빠져나가는 모습이 느껴졌다.

'역시, 예상대로군.'

김한기의 예상대로 김춘추는 이 건물 안에 있는 또 다른 사내, 그자의 방으로 향하고 있었다.

신오수의 고문관 진철호.

진철호의 상관이자 당시 책임자인 인천택.

그리고 경찰청장 박문선.

신오수를 간첩으로 낙인을 찍은 자가 경찰청장 선으로 진철호의 입을 통해서 확인되었다.

하지만 증거가 없다.

그렇다고 진철호 한 사람을 죽음으로 몰고 가 그에게 신오수의 죽음에 대한 모든 책임을 씌우는 것은 방관할 수 없었다.

진철호의 자살에 대해 김춘추는 아무런 감흥도 없었다.

온갖 더러운 수는 이미 오랫동안 충분히 경험해 왔다.

그러니 진철호가 자의로 죽었는지, 타살이었는지에 대해서는 연민의 정도 없었다.

진철호란 개자식은 죽어도 싸다.

그는 살인자다.

법이 인정하는 연쇄 살인자.

이들을 흔들어야 한다.

김춘추, 그 자신이 자유로운 세상을 만들기 위해서는 이런 자들에 대해서 응징이 필요했다.

절대 권력의 거대한 댐은 작은 구멍에서부터 서서히 무너지는 법.

스윽.

방을 열자 김춘추의 눈에 제일 먼저 들어온 것은 하얗고 미끄러운 젊은 여자의 전라였다.

여자의 아래에는 40대의 사내가 환희를 맛보고 있었다.

한창 남녀 간의 교합이 절정을 이루고 있어서 그런지 방문이 열린 것조차 두 사람은 인식 못하고 있는 눈치였다.

김춘추는 이맛살을 찌푸렸다.

하지만 이내 마법을 시현하기 위해서 중얼거렸다.

픽.

침대 위의 두 사람은 그 즉시 깊은 잠에 빠졌다.

김춘추는 신오수 고문의 최고 책임자였던 인천택을 바라보았다.

잠에 취해 있는 상태임에도 불구하고 여전히 그의 한 손은 탐욕스럽게 여자의 젖가슴을 쥐고 있었다.

김춘추는 그런 인천택을 자신의 아공간에 밀어 넣었다.

마법사라면 아공간을 만들 줄 안다.

물론 1서클의 마법사가 만든 아공간은 크기가 방 한 칸도 채 되지 않는다.

그리고 아공간을 유지하는 데 마나가 필요했다.

리디아 황녀가 살던 판테온 세계라면 따로 마나를 뽑지 않아도 아공간은 저절로 유지된다.

그 세계 자체가 마나로 이루어졌다고 해도 과언이 아닐 만큼 풍부하니깐.

하지만 지구는 다르다.

마나라는 개념조차 존재하지 않는, 지구에서는 아무리 뛰어난 마법사라고 해도 아공간을 유지하는 것은 어려운 법이었다.

꼭 필요하지 않으면 굳이 아공간을 만들거나 사용하지 않는 것이 현명했다.

하지만 경찰청 내에서도 지위가 높은 인천택을 납치하는 것은 여러모로 어렵다.

고문관이란 지위에 있는 만큼 그는 자신의 신변 안전에 대해서 다른 사람들보다 더 신중하기 때문이다.

진철호를 납치할 때에도 인천택도 납치를 고려한 적이 있었다.

이왕이면 꼬리보다 머리나 몸통을 노리는 것이 더 현명하니깐.

하지만 인천택의 동선상 그를 납치하는 것은 무척 어려운 일이었다.

경찰청장 박문선의 최측근인 인천택을 보통 사람들처럼 쉽게 납치할 수가 없었다.

하지만 진철호의 죽음으로 신오수 사건이 덮어지는 것은 댐에 작은 구멍조차 뚫지 못한 셈이었다.

적어도 김춘추는 그리 판단했다.

결국 카타나 산에서 흡수한 마나를 전부 사용하는 일이 있더라도 인천택을 납치하기로 결심했다.

게다가 리디아 황녀의 마나까지 탁탁 긁어 왔다.

만에 하나 일이 잘못되었을 때를 대비해서였다.

절대 김춘추 자신의 신분이 드러나서는 안 되는 일이었다.

아직까지 그는 자신의 커다란 그림을 세상에 내보이고

싶지 않았다.

 현재 그의 위치는 성공을 향해 열심히 뛰어다니는 사업가, 딱 그 정도의 그림을 세상에 내비치고 있었다.

 그런 만큼 그는 더욱 신중하게 모든 사항을 꼼꼼히 점검했다.

 김한기가 볼 때는 즉석에서 그가 움직이는 것처럼 보였지만, 사실 그는 진철호 납치 전부터 인천택의 동선을 유심히 살펴보고 있었다.

 인천택이 가장 방심할 수밖에 없는 곳이 바로 이 대원각, 기생을 만나러 왔을 때라는 것을 그 결과 알아냈다.

 사전에 대원각 각 건물의 위치나 자신이 인천택을 납치했을 때 사람들의 눈에 띄지 않고 이동할 수 있는 경로 등을 살폈다.

 하지만 정·재계의 거물들이 이용하는 대원각의 경비는 그리 녹록하지 않았다.

 결국 김춘추는 최후의 수단인, 그의 근처로 가장 가깝게 근접해서 아공간을 사용하여 납치하는 방법을 쓰기로 했다.

 재빠르게 인천택을 아공간에 밀어 넣은 김춘추는 다시 기생이 있는 방으로 돌아왔다.

 기생은 여전히 아무것도 모르고 잠들어 있었다.

 김춘추는 마법을 사용해서 잠든 기생을 깨웠다.

그리고 김한기에게 자신의 기척을 내보였다.

딱 이 정도면 김한기는 스스로 알아서 할 것이다.

김춘추의 예상대로 김한기의 난동이 갑자기 벌어졌다.

대원각에서는 김한기 같은 손님이 간혹 있기 때문에 능숙하게 김한기와 김춘추를 내쫓았다.

그들은 인천택이 김춘추의 아공간에 잡혀 있으리라고는 꿈에도 몰랐다.

아니, 누가 알겠는가.

대한민국에서 아공간이라니.

애초에 존재하지도 않는 개념이었다.

"잘했어."

김춘추가 김한기를 보면서 씨익 웃었다.

"좀 말해 주면서 행동해라."

김한기가 투덜거렸다.

"찰떡같이 알아듣던데?"

김춘추가 웃었다.

자신이 인천택의 방에서 돌아온 직후, 알아서 난동을 부려 준 김한기의 행동을 칭찬한 것이었다.

"그래도 식겁했다. 난 마누라가 있는 몸인데 바람을 피워서야 쓰겠냐."

김한기가 구시렁거리면서 말했다.

"마누라 타령이라니."

김춘추가 씨익 웃었다.
"명색이 이 녀석은 마누라가 있잖은가."
김한기가 자신의 가슴을 툭툭 치면서 말했다.
"천계분 맞네."
"니들 역겨운 인간들하고 천계를 비교하지 마라."
"나도?"
김춘추가 장난스럽게 물었다.
"어험, 넌 빼고."
김한기가 헛기침을 하면서 말했다.
그러고는 궁금한 눈빛으로 김춘추를 바라보았다.
"어쩌려고?"
"뭐, 이 정도 선에서 멈출 거니깐 걱정 마."
김춘추가 가볍게 웃어 보였다.
"네가 그렇다면 그런 거겠지."
김한기는 고개를 끄덕였다.

✧ ✧ ✧

사방이 어둠이었다.
정신이 든 인천댁은 강한 공포감과 두려움에 몸을 떨었다.
"어느 새끼야! 감히 나를 이런 데다 납치해? 니 자식 잡히면 죽는다! 내가 누군 줄 알고!"

그는 고함을 고래고래 질렀다.

하지만 정적만이 흘렀다.

더구나 사방이 점점 옥죄어 오는 것은 느낌뿐일까.

어둠 속에서도 그가 있는 공간이 점점 줄어드는 기분이 느껴졌다.

"진철호가 어떻게 죽었는지 말해 봐."

어디선가 목소리가 들려왔다.

어느 방향에서 들려오는지 짐작조차 할 수가 없었다.

목소리의 향방을 알려고 하면 할수록 사방에서 들려오는 것 같은 착각마저 일었으니 말이다.

"진철호? 왜 나한테서 진철호를 찾아!"

인천택이 고함을 질렀다.

"네가 잘 알 것 같은데?"

"그 녀석은 자살했어. 나약한 놈 같으리라고. 아니, 죽어도 싼 놈이지."

인천택은 필사적으로 소리쳤다.

"너는 책임이 없고?"

"적당히 하라고 했단 말이다! 내가 모든 일을 다 책임질 수는 없다고."

"모든 일을 다 책임질 수 없다라……. 이거 재밌네."

"나도 사람이란 말이야. 진철호 녀석이 실수한 것을 가지고 나보고 어쩌라고!"

인천택은 발악했다.

그는 본능적으로 알고 있었다.

자신이 납치되어 온 일이 진철호의 죽음과 관련 있다는 것을.

그리고 이곳에서 들려오는 목소리의 심문에 제대로 대답하지 못하면, 자신을 방어하지 못하면 죽는다는 것을 말이다.

죽음.

수없이 많은 자들의 죽음을 보았다.

나약한 죽음들.

인간이 얼마나 나약한지 그는 이미 오랜 경험상 알고 있지 않은가.

어디를 손대면 극악한 고통을 느낄지…

그리고 얼마나 쉽게 죽어 가는지를 말이다.

하지만 죽음이 자신의 차례가 된다는 것은 절대로 익숙할 수 없는 일이었다.

그리고 수많은 죽음을 본 만큼, 그 죽음에 대한 공포감은 더 컸다.

"다시 한 번 묻지. 진철호는 어떻게 죽었나?"

공간을 쩌렁쩌렁하게 목소리가 울려 댔다.

"……."

발악하던 인천택이 순간 고민에 잠겼다.

자신의 무죄를 항변한다고 해서 쉽게 끝날 것 같지 않았다.

그렇다고 진실을 폭로하기는 너무도 위험했다.

'혀, 협상을 해야 해.'

인천택은 심호흡을 했다.

"날 풀어 줄 것인가?"

"네가 어떻게 하냐에 따라서이지."

"진실을 알아봐야 별거 없다. 날 납치한 네놈의 실력으로 봐서는 모든 정황을 이미 알고 있을 텐데."

인천택이 말했다.

"직접 듣는 게 좋거든."

목소리는 여전히 아무런 감정도 담겨 있지 않았다.

"자, 자살을 강요했다……."

인천택이 말했다.

"자살을 강요했다라?"

"그 자식으로서는 선택의 여지가 없었을 거다. 더 이상 경찰청에 발을 들여놓을 수도 없고. 그리고 어떻게 해든지 이 일은 무마되어야 했다. 내 탓이 아니라고. 다 그 무능력한 그놈 때문이다."

인천택이 자신의 말에 힘을 주어 강조했다.

"진철호가 죽으라고 죽는 그런 사람이던가."

목소리는 믿지 않는 투였다.

'제길, 안 넘어가네.'

인천댁의 얼굴은 창백해져 갔다.

"진실만 말해. 말 돌리지 말고."

"날 어쩔 셈인가? 나도 이대로 당할 수만은 없다."

"네놈에게 달려 있다."

"진철호 놈을 납치해서 입을 연 수법이냐? 나는 그 녀석처럼 나약하지 않아! 그놈처럼 다 까발리고 결국은 죽음을 당할 만큼 어리석지 않다고!"

"말이 길군."

휘익.

뚝.

순간 인천댁은 경악했다.

그의 오른쪽 발목, 인대가 무언가에 의해서 끊어졌기 때문이다.

휘청.

"으으으으악!"

인천댁은 극심한 고통에 소리를 질렀다.

분명 자신이 있는 이 공간에는 그 자신 말고는 사람의 흔적은 전혀 느낄 수가 없다.

목소리야 그렇다 치더라도.

흔들리는 세상 • 101

어떻게 손 하나 대지 않고 자신의 발목 인대를 끊어 버릴 수 있단 말인가.

인천댁은 고통도 고통이지만, 지금 일어나는 이 기이한 상황에 그의 정신은 한순간에 무너지고 있었다.

"이 정도는 약과지, 안 그래? 네놈도 수없이 해 본 일일 텐데?"

"사, 살려 줘, 제발!"

"있는 사실만 말해."

"내… 내가 시켰다."

인천댁이 중얼거리듯이 말했다.

발목의 극심한 통증 때문인지 매우 고통스러워 보였다.

그야말로 나약하고 한심한 인간이었다.

자신이 죄 없는 청년들에게 가한 수많은 고문 중 이 수법은 그리 대단할 것도 없었다.

그럼에도 불구하고 자신이 당하니 저리 고통스러워하고 비굴해지지 않는가.

"어떻게 시켰지?"

"의, 의뢰했다……."

"누구에게?"

"거래하는 데가……."

"그것까지 말해."

"난 그러면 여기서 풀려난다고 해도 죽음이다."

"자신의 목숨은 아까워하군."

"이제 대학 들어간 딸이 있다. 딸년을 생각해서라도 제발 살려 줘."

"그 말은 네놈도 수없이 많이 들어 봤겠지."

목소리의 일침에 인천택은 순간 꿀 먹은 벙어리가 됐다.

고문을 앞에 두고 살려 달라고 외치던 자들의 얼굴들이 떠올랐기 때문이다.

"걱정 마. 오늘의 일은 너와 나 사이의 비밀이다."

목소리가 말했다.

인천택은 순간 자신의 귀를 의심했다. 진철호의 경우를 그 누구보다 잘 알기 때문이다.

자신의 부하, 진철호는 한낮에 납치를 당했다.

그리고 신오수의 죽음에 대해서 진실을 고백했다.

그 고백의 결과, 대한민국의 모든 신문사에서 1면 기사를 냈다.

그리고 결국 진철호는 자살과 타살 중 하나를 선택해야 했다.

남들 죽이는 것은 눈썹 하나 깜짝 안 하는 고문관들이 의외로 자신의 죽음에 대해서는 절박하게 매달렸다.

그냥 깔끔하게 자살했으면 일이 쉬웠을 텐데…….

결국 마지막 수단인, 그 수단을 사용했다.

그들의 은밀하고 더러운 일을 대신 해 주는 그곳에 의뢰를 맡겼다.

그렇게 신오수 의문의 자살 사건은 '진철호'라는 고문관이 전부 자신의 책임이고 실수였으며 은폐라는 유서 한 장으로 사건이 종결된 것이었다.

그리고 지금 자신이 납치됐다.

진철호가 자백했듯이 그 자신도 자백을 하면 어떻게 될지 그 누구보다 잘 아는 인천택이었다.

그런데 비밀을 지키겠다고?

그것을 믿어야 하는가.

"믿고 안 믿고는 너의 자유다."

목소리가 말했다.

"왜지? 진철호의 자백은 전부 까발렸으면서."

인천택은 믿기지 않는 듯이 물었다.

"그냥 즐거운 유희라고 두지."

"유희?"

"언제든 네놈 목을 옥죌 수 있는 유희 말이지."

"……."

그제야 인천택은 목소리의 의도를 이해했다.

어차피 신오수 사건은 종결됐다.

아니 더 까발려 봤자 진철호보다 조금 더 대가리인 자신의 희생이 따를 뿐이었다.

그렇다고 경찰청장을 잡아넣기는 어렵다.

실지로 그가 지시한 것은 아무것도 없다.

모든 일은 그의 의도에 맞춰 자신과 부하들이 저지른 일이니.

목소리는 이 상황을 자신의 무기로 삼기로 한 듯싶었다.

언제든 인천택을 쥐고 흔들 수 있는 무기 말이다.

"네놈 목숨은 오늘부로 내 것이다."

인천택은 고개를 끄덕였다.

언제 죽든지, 잡혀 온 이상 최대한 죽음을 모면하는 것이 더 현명했다.

그는 목소리의 심문에 맞춰 자신이 거래하는 조직에 대해서도 슬슬 자백하기 시작했다.

김춘추는 인천택이 이렇게 나오리라고 이미 예상했다. 강한 자에게 한없이 나약한 놈이었다.

이런 놈 한둘쯤은 쥐고 있으면 쓸모가 있기 마련이었다.

"잘했군. 상을 주지."

"사… 상?"

인천택은 목소리의 의도를 몰라 눈만 끔뻑거렸다.

휘익.

가벼운 바람이 발목 주변에서 일어나는 것이 느껴졌다.

다음 순간 발목의 통증이 멎었다.

'어떻게 이럴 수가!'

인천택의 두 눈이 동전만 해졌다.

그는 베테랑 고문관이다.

그런 만큼 누구보다 인체에 대해서는 잘 안다고 자부하고 있었다.

방금 끊어진 인대가 다시 붙었다.

이게 가능한 일인가?

'이건 말도 안 돼!'

인천택은 순간 온몸에서 소름이 돋았다.

자신이 상대하는 자가 어떤 자인지 전혀 모르겠다.

하지만 아주 무서운 자라는 것과, 그에 맞게 인간의 상상을 초월하는 능력을 가진 자라는 것밖에.

그제야 인천택은 자신이 절대 이 목소리에게서 벗어날 수 없다는 것을 깨달았다.

이곳에서 그가 놓아준다고 해도, 인천택의 모든 일상은 이 목소리의 손바닥 위에 놓여 있었다.

그렇다면 살길은 딱 한 가지였다.

그가 아주 잘 하는 방법.

"항상 네놈을 보고 있겠다."

"여부가 있겠습니까? 제 목숨은 이제부터 제 것이 아닙니다."

인천택은 간신 특유의 웃음을 지으면서 두 손바닥을 자신도 모르게 비볐다.

그의 태도가 좀 전과는 달리 완전히 바뀐 셈이었다.

'역시 예상대로군.'

김춘추는 인천택의 모습을 보면서 살짝 입맛이 썼다.

하지만 이제 시작일 뿐이었다.

이런 자들은 앞으로도 수없이 많이 만날 터.

꽈악.

김춘추의 움켜쥔 주먹에서 힘줄이 솟아올랐다.

제4장

오만과 패거 (1)

 강남의 밤은 불야성처럼 환했다.
 지금 대한민국의 밤은 요정의 시대에서 룸살롱의 시대로 옮겨져 더욱 뜨겁게 밝히고 있었다.
 게다가 강남은 그 중심지였다.
 우후죽순처럼 수많은 룸살롱이 강남에 생겨나고 있었다.
 룸살롱은 그야말로 전성기를 맞고 있는 셈이었다.
 물론 그로 인해서 밤 문화를 장악하려는 음지의 세력들 간에 다툼이 끊이지 않았지만.
 어쨌건 간에 룸살롱은 재벌가에서부터 중산층의 사내들이라면 룸살롱을 거의 다 한 번쯤은 들락거렸을 정도였다.
 88서울 올림픽을 2년 앞두고 곧 열릴 아시안게임 등, 여러 가지 호재가 대한민국의 경제 발전을 핑크빛으로 알리고 있었다.

기대 심리가 높아서 그런지, 사람들의 호주머니가 과거보다 이때 더욱 쉽게 열렸다.

그렇다고 해서 모든 사내들이 어떤 룸살롱이건 간에 들락거릴 수 있는 것은 아니었다.

룸살롱에도 등급이 있었다.

아토 룸살롱.

이곳은 재벌가의 자제들, 소위 상위 10퍼센트 이내의 사내들만이 들락거린다는 그런 곳이었다.

이곳의 여자들은 거의 다가 대학생이거나 대학교를 나온 고등 학력의 소지자였으며, 미모 또한 방송을 쥐락펴락하는 톱 탤런트들의 미모보다 더 뛰어났으면 뛰어났지, 지지 않는 미모들이었다.

하지만 정이선은 여전히 불만스런 얼굴로 룸에 들어오는 여자들을 벌레 보듯이 쳐다보았다.

하나같이 미모가 출중했다.

하지만 그의 표정은 그다지 좋아 보이지 않았다.

"이런 애들밖에 없어?"

정이선이 거칠게 내뱉었다.

"죄, 죄송합니다. 상무님께서 좋아하시는 애들을 전부 한 번씩 빼내 왔는데······."

지배인은 연신 땀을 뻘뻘 흘리면서 죄인처럼 읊조렸다.

'도대체 이 양반이 왜 이러나.'

지배인은 정이선의 이런 태도를 이해하지 못했다.

평소라면 자신이 찍은 여자애들만 룸에 들여보내 주면 만족하는 스타일이었으니 말이다.

그로서는 정이선의 기분을 만회시키지 못하면 오늘 매상은 평균조차 찍지 못할 것이라는 것을 잘 알고 있었다.

상위 10퍼센트의 인물들을 상대한다는 것은…

손님들이 그만큼 적다는 것을 의미하기도 한다.

이들이 한 번씩 와서 쓰는 돈이 웬만한 룸살롱의 한 달 매출이 되기도 하니, 아토 룸살롱으로서는 이들 한 사람 한사람이 다른 곳의 손님들 전부 합친 것만 한 위력이 있는 셈이었다.

그런 만큼 손님들의 온갖 지저분한 일들도 지배인들이 나서서 해결해 주기도 하는 곳이었다.

"애들 다 물려."

정이선이 나지막하게 한마디 했다.

지배인은 도대체 이 양반이 왜 이러지 하는 표정으로, 하지만 이내 홀 안의 아가씨들을 향해서 눈짓을 했다.

후다다다닥.

지배인의 신호를 받자마자 홀의 아가씨들은 잽싸게 문으로 향했다.

이럴 때 괜히 용돈 더 번다고 버티고 있어 봐야 오히려 손해라는 것을 잘 알기 때문이다.

더구나 정이선이 누군가.

생긴 것은 봐 줄 만하다.

하지만 그 성격은 그야말로 인간 이하였다.

이곳의 아가씨들을 사람으로 취급하는 법이 없었다.

노리개 취급도 아니었다.

부수기 위한 장난감 취급.

아가씨들은 정이선의 눈에 자신들이 찍히지 않았다는 점을 오히려 안도했다.

한번 찍히고 나면 몇날 며칠, 혹은 몇 달을 어떻게 보내는지 잘 알기 때문이다.

아가씨들뿐 아니라 반주를 맡은 악단마저 모두 나가자 널따란 홀 안에는 정이선과 지배인뿐이었다.

그제야 비로소 정이선이 양복 윗도리의 단추를 풀면서 자신의 목을 좌우로 가볍게 비틀었다.

우드득.

꽤나 스트레스 받는 일이 있었는지 정이선의 목에서는 근육이 경직된 소리가 들려왔다.

지배인은 지금 정이선의 상태가 어떤지 뱀 같은 눈으로 유심히, 초집중해서 관찰을 했다.

그의 태도 하나하나가 이유가 있을 테니.

놓쳐서는 절대 안 된다.

그것이 지배인의 역할이 아닌가.

"제길… 리디아만 한 애가 없네."

정이선은 지배인 들으라는 식으로 중얼거렸다.

그의 말에 지배인의 귀가 번쩍 뜨였다.

"저기… 찾으시는 애가 리디아라고 합니까?"

지배인이 두 손을 비벼 대면서 조심스럽게 물었다.

그는 정이선의 성향을 잘 알고 있었다.

한번 여자가 마음에 들면 끝까지, 질릴 때까지 놀다가 던져 버리는 스타일이었다.

그래서 항상 지배인은 정이선의 취향에 맞을 만한 여자들을 확보하는 데 주력을 했다.

그런데 지금 어디서 자신이 모르는 아이 하나를 점찍고 왔나 보다.

지배인으로서는 난처할 수밖에 없었다.

정이선의 성격상 그 여자 타령을 몇날 며칠을 할지, 아니면 몇 년을 할지.

그 여자를 품을 때까지는, 아니 그년이 질려서 던져질 때까지는 절대 다른 여자들을 보지도 않을 테니.

'제길, 사업을 그렇게 잘했으면 인정이나 받지. 회장님의 고집스런 성향을 이런 면에서만 물려받고.'

지배인은 정이선을 보면서 속으로 생각했다.

업계에서는 이미 다 아는 얘기였다.

물론 아토 룸살롱 같은 고급 룸살롱끼리만 아는 얘기였지만.

뭐, 이곳의 얼굴마담들은 대부분 요정에서 기생을 하던 여자들이었으니 정·재계 사람들의 습관이나 행동, 성격 등을 알아내는 것은 그다지 어렵지 않았다.

"내가 리디아 데리고 오라고 하면 데려올 텐가?"

정이선이 비릿한 미소를 띠면서 물었다.

'역시.'

지배인은 어깨를 움찔거렸다.

정이선의 속내를 이미 짐작했기 때문이다.

저런 태도를 보이는 것이 필시 다른 룸살롱의 고급 여자이거나 평범한 여자일지 모른다.

'지 손에 뭐 묻히기는 싫다 이건가.'

지배인의 눈썹이 아주 잠깐 꿈틀거렸다.

하지만 이내 그의 얼굴은 간사스런 웃음으로 가득 찼다.

"말씀해 주시면 제가 형님들에게 부탁해 보겠습니다."

"……."

정이선은 지배인의 말을 듣고 아무런 대답도 없이 가만히 그를 쳐다봤다.

"걱정 마십시오. 아무 탈 없이 조용히 데려오겠습니다. 믿어 주십시오."

지배인은 정이선의 곁에 바짝 다가가서 속삭이듯 말했다.

그러자 정이선의 얼굴에 한 줄기 미소가 떠올랐다.

그는 품에서 지폐 다발을 몇 개 꺼내 탁자 위에 던졌다.

"성공하면 이보다 열 배나 더 주지."

정이선의 말에 지배인은 조심스럽게 탁자 위에 놓인 지폐 다발을 손에 쥐어 들었다.

그리고 곧 그 액수가 삼백만 원이란 사실을 깨달았다.

웬만한 기업의 신입사원 연봉이 30만 원이니, 그 열 배다. 그리고 성공하면 또 이 액수의 열 배를 준다고 한다.

'쉽지 않은 일이군.'

지배인은 자신의 판단이 틀렸음을 직감했다.

처음부터 하지 못할 일 아니었을까 싶었다.

정이선이 배포가 크다고는 하나 이렇게 큰돈을 마구 던지는 타입은 아니었다.

멸치와 난쟁이는 개포 미래아파트 정문 쪽을 주시하고 있었다.

물론 조직 폭력배라는 것을 들키지 않으려고 나름 딴에는 양복을 입고 손에 담배를 물고 있었다.

길 가다 담배 피우는 일반인이라는 설정이었다.

"언제까지 기다려야 해?"

멸치가 난쟁이를 바라보면서 물었다.

계속해서 이곳에 서 있는 것이 다소 무료하기도 했고, 이렇게 한낮에 일찍 일해 보는 것도 처음이었다.

고작 여자애 하나 납치하려고 이런 쇼를 하다니.

"쉿, 업무 관련 이야기는 하지 마."

신중한 성격의 난쟁이는 입에 손을 갖다 대면서 중얼거렸다.

조직의 총애를 한 몸에 받는 난쟁이는 키는 비록 작지만 성격은 매우 치밀했다.

이들이 양복을 입고 아파트 입구를 서성거리는 것도 난쟁이의 머리에서 나왔다.

제법 똑똑한 녀석이었다.

입구 초소에 있는 경비원들의 시선을 피해서 이들은 상가들 사이를 왔다 갔다 했다.

잠시 후, 기다린 보람이 있었다.

난쟁이의 눈빛이 순간 반짝거렸다.

아파트 정문에서 몇몇 사람들이 흩어져 나오고 있었다.

그는 아무런 말도 없이 멸치를 툭툭 쳤다.

둘은 서로 눈빛을 교환했다.

한눈에 딱 봐도 자신들이 납치해 갈 여자애가 누군지 알 수가 있었다.

군계일학이란 말이 있다.

무리 지어 있는 닭 중에 한 마리 학.

평범한 사람들 중에 뛰어난 한 사람이란 뜻이었다.

지금 아파트 정문으로 나오고 있는 사람들 중 홀로 고고하고 아름다운 미녀. 주변 모든 시선이 전부 그 미녀에게로 향해 있었다.

천상의 선녀가 저토록 아름다울까?

보고도 믿기지 않는 미모였다.

정말이지 모두를 기죽일 정도로 빼어난 미모였다.

멸치와 난쟁이는 서로 고개를 끄덕였다.

그들은 처음 명령을 받았을 때는 왜 상부에서 이런 하찮은 명령을 내렸는지 이해 못했었다.

고작 여자애 하나 납치하는 것으로, 그것도 탈이 생길 수 있는 강남 고급 아파트에 사는 여자애를 납치하는 무모한 일을 벌일까 했는데…….

지금 리디아라는 여자애를 보니 이해가 갔다.

리디아라는 여자애는 이름에서 알 수 있지만 외국인이었다. 그런데 혼혈아인지 동양적인 느낌도 함께 어우러져 있었다.

게다가 새하얀 피부는 하얗다 못해 창백한 느낌이 들 정도로 너무도 예뻤다.

사기 인형보다 더 인형 같을 정도였다.

눈은 보통 사람들의 두 배 이상 컸다.

거기다가 짙은 속눈썹은 한 번 깜빡일 때마다 넋을 놓고 볼 정도로 길고 풍성하고 아름다웠다.

어디 얼굴뿐이겠는가.

몸매 역시 완벽한 S라인을 그리고 있었다.

풍성한 가슴과 함께 잘록한 허리는 보는 순간 멸치와 난쟁이마저 달려가 안았으면, 하는 욕구를 느끼게 할 정도였다.

게다가 완벽한 애플 힙을 가지고 있었다.

저 엉덩이를 두드리면서 밤새 놀 행운의 사내는 누굴까 하는 생각에 멸치와 난쟁이는 벌써 그 사내가 부러웠다.

필시 아주아주 돈 많은 놈이겠지.

어디 돈뿐이겠는가.

자신의 조직을 움직일 정도니…

돈과 권력까지 쥔 놈이리라.

어쨌든 부잣집 딸을 납치해 가도 뒤탈을 염려하지 않아서 좋으리라.

하지만 부러웠다.

진심으로…

저런 미녀를 한번 밤새 뼈가 으스러질 정도로 안아 봤으면 하는 생각이 둘은 동시에 들었다.

하지만 임무는 임무다.

난쟁이의 신호를 받은 멸치는 재빨리 상가 입구에 세워 놓은 차에 올라탔다.

난쟁이는 여전히 담배를 물고 리디아가 있는 쪽으로 다가갔다.

"길 좀 묻겠습니다."

난쟁이의 정중한 말투에 리디아는 걸음을 멈추었다.

"어디 가시는데요?"

리디아가 고개를 갸웃거리면서 대답했다.

"강남 사거리로 가려다가… 어쩌다 보니 길을 헤매고 있습니다."

난쟁이는 도로변에 세워 둔 자신의 차를 가리키면서 너털웃음을 터트렸다.

꽤 그럴싸한 연극이었다.

물론 리디아는 난쟁이의 의도를 알지 못했다.

"음, 어쩌죠? 여기 이사 온 지 얼마 안 돼서 길을 설명하기는 어려운데."

"아, 이거 어쩌죠."

난쟁이는 진심으로 난처하다는 표정을 지었다.

하지만 그의 눈은 뱀같이 빛나고 있었다.

멀리서 보면 리디아와 난쟁이는 서로 아는 사람처럼 꽤 다정하게 보였다.

그는 이것을 노린 것이었다.

스윽.

난쟁이는 재빨리 리디아의 정면에서 옆으로 다가갔다.

순간 리디아는 상대방의 의도를 알아채고 방어하려고 했다. 하지만 난쟁이의 손이 더욱 빨랐다.

그는 리디아의 팔짱을 낀 상태로, 그리고 나지막하게 속삭였다.

"여기서 비명을 지르면 넌 죽는다."

리디아는 자신의 옆구리에서 날카로운 감각을 느꼈다.

상대방의 눈빛을 보니 정말 그러고도 남을 인간이었다.

'하필 마나가 없을 때… 이런 일이 생기다니.'

리디아는 아랫입술을 꽉 깨물었다.

김춘추의 부탁으로 자신의 모든 마나까지 전부 탁탁 긁어서 그에게 주었기 때문이다.

아무리 마법사라고 해도, 한 줌의 마나조차 없는데 무슨 마법을 시현할 수가 있겠는가.

더구나 이곳은 대기에 마나라곤 찾아볼 수도 없는 곳이었다.

"차에 올라타."

난쟁이는 웃으면서 리디아의 귓가에 대고 속삭였다.

남들이 보면 리디아와 난쟁이가 굉장히 친한 사이로 보였다.

심지어 아파트 정문 초소에 서 있는 경비는 난쟁이를 부러워하고 있었다.

 키는 보통 성인 남자들보다 작은 녀석이 무슨 능력이 있길래 저런 미녀를 애인으로 두었을까 하는 눈빛으로 이들을 보고 있었다.

 그리고 곧 경비는 리디아가 올라타는 승용차를 보고 고개를 끄덕였다.

 날렵하게 잘 빠진 외제차였기 때문이다.

 역시 남자는 외모보다 능력이야.

 경비는 난쟁이를 바라보면서 고개를 끄덕였다.

 그의 눈빛에는 부러움이 가득 차 있었다.

 반면 리디아는 차에 올라타면서 주변에 도움을 구할 이가 아무도 없다는 것을 확실히 깨달았다.

 처음 난쟁이가 다가왔을 때 보여 준 친밀하고 정중한 태도는 일종의 연극인 셈이었다.

 그것도 모르고 자신은 낯선 이에게 다정한 표정으로 친절을 베푼 셈이었다.

 아무래도 황녀다 보니 대중을 대할 때 보이는 태도가 몸에 배여 있었다.

 그런 리디아에게 이예화가 얼마나 구박을 했던가.

 낯선 사람들에게는 대꾸도 하지 말라고 말이다.

 '예화 언니가 알면 단단히 잔소리하겠는데.'

 리디아의 예쁜 얼굴이 살짝 찡그러졌다.

곧 그녀는 자신의 옆에 올라탄 난쟁이를 안쓰럽다는 표정으로 한 번 쳐다보았다.

그러고는 천천히 입을 열었다.

"당신들, 큰 실수 하는 거예요."

그녀는 진심으로 연민마저 깃든 표정으로 말했다.

리디아는 김춘추를 떠올렸다.

그라면 분명 자신을 찾아낼 것이었다.

리디아는 김춘추가 지금 국내에 있는 것을 천만다행으로 여겼다.

리디아의 말에 순간 난쟁이도 난쟁이지만 운전석에 앉아 있던 멸치가 뒤를 돌아보았다.

그녀의 말 한마디에 순간 자신도 모르게 소름이 끼쳤기 때문이다.

"믿… 는 구석이 있나… 보… 지……?"

멸치가 더듬거리면서 말하자 난쟁이가 인상을 쓰면서 재빨리 한마디 했다.

"넌 운전이나 해. 그리고 아가씨는 누군가 구하러 온다든지 하는 기대감은 아예 안 갖는 게 좋을 거야. 너 같은 미녀를 납치하는 데 우리가 제대로 준비하지 않았을 리가 없잖아?"

난쟁이는 비릿한 웃음을 띠면서, 리디아의 말에 자신도 놀랐던 가슴을 간신히 누르면서 최대한 거칠게 말했다.

"두고 보면 알죠."

리디아가 한심하다는 표정을 지으면서 딱 잘라 말했다.

그러고는 더는 이들을 상대할 마음이 없다는 듯이 조용히 눈을 감았다.

순간 차 안에서 정적이 흘렀다.

'저년이 뭘 믿고 저러지.'

운전대를 잡은 멸치는 아연실색이 되었다.

하지만 난쟁이가 또 타박을 할까 봐 운전에만 신경을 집중했다.

하지만 그는 본능적으로 리디아의 태도가 보통 납치당한 사람들의 태도와 전혀 다르다는 것을 인식하고 있었다.

무언가 단단히 믿는 구석이 있다.

그러지 않고서는 저리 느긋한 태도를 보일 리가 없다.

그녀는 지금 뒷좌석에서, 여전히 눈을 감고 아무런 말도 하지 않고 있었다.

살려 달라든지…

자신이 잡혀가는 곳이 어딘지 창밖을 통해서 길을 보려고 한다든지 하는…

인간 기본적인 행동을 전혀 하지 않고 있었다.

멸치도 멸치지만, 난쟁이도 본능적으로 불안감이 덮쳐 오고 있었다.

자신들이 건드리지 말아야 하는 성역을 건드린 것 같은,

찝찝한 무엇이 계속 느껴졌다.

'조직에서 실수하는 거면 어쩌지.'

난쟁이는 옆에 앉아 있는 리디아를 곁눈으로 보면서 여러 가지 생각에 머리가 복잡해져 왔다.

✢ ✢ ✢

"리디아가 오지 않았다고?"

김춘추는 이예화를 쳐다보면서 되물었다.

"오겠지."

이예화가 별거 아니란 식으로 말했다.

오히려 김춘추의 반응을 이해하지 못하는 눈치였다.

오늘 저녁은 김춘추가 원래 살던 곳, 관악산 밑의 집에서 다 함께 식사를 하기로 했다.

김춘추의 할머니가 태백산으로 기도를 하러 오늘 새벽에 떠났기 때문에 리디아 홀로 굳이 개포동 아파트에 있을 필요가 없었다.

으레 이럴 때면 리디아는 이예화가 살고 있는 관악산 밑의 집에서 할머니가 오실 동안 머물곤 했다.

물론 평소라면 김춘추는 리디아를 걱정하지 않았다.

하지만 지금 그녀는 무방비 상태나 다름없었다. 자신이 마나를 전부 가져갔기 때문이다.

그런 까닭에 평소보다 과민하게 반응한 것은 사실이다.

'제길, 이런 경우는 미처 생각도 못했는데.'

김춘추의 한쪽 눈썹이 일그러졌다.

"낮에 리디아가 온다고 전화가 왔었는데… 저녁 식사 때쯤에는 온다고 했어."

이예화가 어깨를 으쓱거리면서 말했다.

그녀는 내심 김춘추가 리디아에게 깊은 관심이 있는 것이 아닌가 하는 불안감마저 느끼고 있었다.

그래서 일부러 더 별일 아닌 듯이 행동했다.

하지만 이예화의 속내는 점점 썩어 뭉그러지고 있었다.

김춘추의 불안한 시선, 눈빛.

김춘추는 평소 자신뿐만 아니라 리디아에게도 공평한 반응을 보였다.

특별히 누군가에게 더 관심을 갖는 일이 없었다.

마법을 배우느라 리디아와 대화를 더 많이 나누기는 했지만, 그렇다고 해서 특별히 리디아에게 관심 갖는 모습을 느끼지 못했다.

그런데…

지금은 확연히 김춘추의 반응이 다르다.

이예화는 가슴 깊은 곳에서 뾰족한 송곳이 자신을 찌르는 것만 같았다.

"낮에 온다는 애가 안 왔으면 진작 연락했어야지!"

김한기가 옆에서 이예화를 말을 듣고 화를 버럭 냈다.

"말은 바로 해야죠. 저녁 식사 때쯤에는 온다고 했지."

이예화가 지지 않고 김한기의 말에 앙칼지게 대꾸했다.

"낮부터 걔는 뭐하고?"

김한기가 물었다.

"걔가 요즘 싸돌아다니잖아. 그래서 오늘도 그런가 보다 했지."

이예화가 당연하다는 듯이 말했다.

"으이구, 네년은 걱정도 안 되나 보지!"

김한기가 이예화를 보면서 계속 소리 질렀다.

그가 그러는 데는 이유가 있었다.

김춘추의 답답한 속내를 잘 알기 때문이다.

오늘 낮에 그들이 대원각에서 벌였던 일, 마나를 시현해서 아공간까지 만들 수 있었던 이유가 바로 리디아의 도움이 있기에 가능하지 않았던가.

리디아에게 마나까지 빌려서 인천택을 납치한 일이라든지 등등의 정황을 김한기는 오면서 김춘추로부터 상세하게 설명을 들었다.

이왕 대원각에서부터 같이 일을 벌인 셈이니.

김한기는 김춘추를 끝까지 도와주기로 마음을 먹었기 때문이다.

그리고 김춘추 역시 김한기의 도움을 마냥 아무런 설명도 없이 받을 수는 없었다.

적어도 현재 벌인 일들에 대해서는 김한기도 알 권리가 있다는 생각이 들었다.

그래서 인천택에 관한 여러 가지 사항과 앞으로의 계획 등을 김한기에게 설명했다.

그렇기 때문에 김한기는 지금 리디아가 마나 한 줌 없는 상황, 마법을 전혀 시현할 수 없는 무방비한 상황이라는 것을 알 수가 있었다.

물론 꼭 어떤 일이 생겼다는 보장은 없었다.

이예화의 말대로, 평소에도 그녀 스스로 움직이고 있으니깐.

언제까지 김춘추나 이예화가 그녀의 곁을 따라다닐 수는 없다.

남들보다 눈에 띄는 외모를 가졌기에 혹시나 하는 걱정은 있었지만, 리디아는 누구보다 센스가 있고 또한 대한민국 그 누구보다 가장 강력한 사람이기도 하다.

그러니 평소라면 걱정할 일이 전혀 없었다.

김춘추는 살짝 눈썹을 찌푸렸다.

마나가 없다고 꼭 무슨 일이 나는 것은 아니다.

괜히 걱정해서 좋을 것은 없었다.

벌써 과민하게 반응함으로써 이예화가 몹시 기분이 상한 것이 보였기 때문이다.

-지금 리디아 어디쯤 있어?

-강남 부근이네. 곧 오겠는데? 괜히 이예화 성질만 건드려 놨군.

김춘추의 텔레파시에 김한기는 그렇게 대답하고는 이예화 쪽을 슬쩍 가리켰다.

김춘추도 고개를 끄덕였다.

지금 이예화는 몹시 기분이 상한 표정을 짓고 있었다.

리디아의 부재에 대한 두 사람의 과민반응을 이해할 수 없다는 표정이었다.

그녀로서는 리디아가 종종 혼자 돌아다닌 만큼, 오늘도 그런가 보다 했다.

그런데 지금 김한기는 자신을 잡아먹을 기세로 다그치고 있었고, 김춘추는…….

김춘추는 더 무서웠다.

말은 하지 않는데, 그의 표정만으로도 이예화는 움츠러들었다.

'리디아가 뭐길래…….'

이예화는 그 와중에 김춘추에게 서운해져 갔다.

자신이 없어졌다면 그가 이런 표정을 지어 줄까 하는 의문마저 일었다.

그때였다.

"무슨 일 있어?"

이예화의 등 뒤에서 귀여운 사내아이의 목소리가 들려왔다.

"아… 동동아, 너는 좀 이따 나와."

이예화가 당황한 표정으로 뒤를 돌아보면서 말했다.

"저놈은 또 뭐야!"

김한기가 어처구니없다는 표정으로 말했다.

김춘추 역시 뜻밖의 일에 살짝 놀라는 표정이었다.

"아, 오늘 저녁 식사 때 정식으로 소개시켜 주려고 했는데……."

이예화가 두 사내의 표정에 기가 죽은 채로 대답했다.

"저녁 식사 하러 오라고 떼를 쓴 이유가 저놈 때문인가 보지?"

그렇게 물어보는 김한기의 시선은 여전히 이예화의 옆에 서 있는 자그마한 동자승에게 가 있었다.

이예화는 고개만 끄덕였다.

자신을 다그치는 김한기도 김한기지만 아무런 말도 없이 자신을 쳐다보는 김춘추의 눈빛이 무서웠기 때문이다.

그의 눈빛은 자신의 허락도 없이, 함부로 사람을 이 집에 들인 것에 대해 나무라는 것 같았다.

"형님들, 너무 누나를 나무라지 말아요."

이예화에게 '동동이'라고 불린 동자승이 귀여운 표정을 지으면서 말했다.

"몇 살이지?"

김춘추가 한 걸음 다가와 허리를 숙이면서 물었다.

겉으로 보면 아이에게 대하는 것치곤 굉장히 정중한 태도였다.

하지만 그의 눈빛만큼은 매서웠다.

동동은 김춘추의 눈빛을 정면으로 받았다.

순간 동동과 김춘추의 눈빛이 허공에서 엉켰다.

콰르르, 콰쾅.

콰쾅.

소리 없는 눈빛 싸움이었지만 그 순간 김한기는 주변의 공기조차 살벌하게 변했음을 알았다.

'저 어린놈이 보통 놈이 아니군.'

김한기는 동동의 기세나 태도가 보이는 것이 전부는 아니라는 것을 나타나는 순간부터 알고 있었다.

이예화 같은 애들은 딱 속이기 좋은 외모와 말투를 가지고 있었지만.

아니, 남들보다 영적인 감각이나 기운에 민감한 이예화마저 홀딱 넘어갈 정도로 외모는 어리게 생긴 놈이 보이는 것과는 다르게 영 능력은 매우 뛰어났다.

그렇다고 해서 김한기나 김춘추의 눈을 피해 갈 수는 없었다.

이예화만이 지금 벌어지는, 뜻하지 않은 상황에 더욱 영문 모를 표정을 지었다.

그녀는 단순하게, 동동이를 가족이라고 여기는 사람들에게 인사를 시켜 주고 싶었다.

단지 그것뿐이었다.

동자승이니, 남들보다 기운에 뛰어나고…

어린 나이에도 불구하고 영특하니…

여러모로 자신과 대화도 되고…

자신의 마음을 찰떡같이 잘 알아주는 동동이.

그런데 김춘추나 김한기의 반응은 좀 전 리디아가 아직 집에 오지 않았다는 말을 들었을 때보다 더 격하게 반응을 하고 있었다.

심지어 말이 없던 김춘추가 먼저 나서서 동동이에게 눈싸움을 걸고 있었다.

"저어, 동동이가 동자승이어서 기운이 일반 애들보다 남다를 거야."

이예화가 중얼거리듯이 말했다.

그것으로 김춘추와 동동이의 눈싸움은 끝이 났다.

승자 없이 싱거운 싸움이 돼 버렸다.

"동자승? 개뿔!"

김한기가 이예화의 말에 버럭 소리를 질렀다.

"삼촌은 왜 자꾸 소리 지르고 난리야!"

이예화도 참다못해 소리를 질렀다.

"그러는 네년은 왜 소리 지르고 그래? 네년이 뭘 잘했다고!"

김한기도 지지 않고 소리를 질렀다.

"리디아가 오지 않는 게 내 잘못이야? 걔가 요즘 얼마나 싸돌아다니는지 알아? 그분 찾는다고 서울을 이 잡듯이 돌아다니고 있어. 이번엔 할머니 따라서 지방으로 내려가 본다는 것을 내가 얼마나 뜯어말렸는지 알아? 일단 허락받고 가라고. 두 사람은 모르지? 맨날 사업이다 뭐다 해서 밖으로만 돌아다니잖아. 내가 리디아 보모야, 뭐야? 그리고 내 집에 내가 사람을 들인다는데 왜들 이렇게 살벌하게 굴어!"

이예화의 입에서 속사포처럼 말들이 터져 나왔다.

"이게 네 집이야? 내 집이지. 내가 번 돈으로 샀다고."

김한기는 이예화의 말에 어이가 없다는 듯이 대꾸했.

김춘추는 김한기의 말에 옆에서 어처구니없는 표정을 지었다.

하지만 명백히, 처음 이 집을 샀을 때는 김한기 속에 든 티페가 사람들에게 점을 봐주고 받은 복비로 샀으니.

김한기의 말이 아주 틀린 것은 아닌 까닭에 잠자코 있었다.

그리고 지금은 이 집이 누구 집인지의 여부는 중요하지 않았다.

"흥, 내가 살고 있으니 내 집이야."

이예화는 김한기의 말에 콧방귀를 뀌면서 말했다.

"2층엔 나랑 김춘추도 산다고."

김한기가 턱으로 2층을 가리키면서 말했다.

"두 사람이 2층에서 자는 날이 일주일에 하루도 안 된다는 사실을 알아? 어쨌건 간에 이 집을 관리하고 살고 있는 사람이 나니깐 내가 주인이야. 동동이는 내 맘대로 이곳에서 살 권리가 있어."

이예화의 마지막 말은 김춘추의 눈을 똑바로 쳐다보면서 매듭지어졌다.

그녀의 눈빛은, 김춘추에게 가 있었다.

동동이와 함께 집에 당분간 같이 살겠다는 의지도 확고하고.

"이년이!"

김한기가 이예화의 말에 언성을 높였다.

"예화 말이 맞아. 이곳의 주인은 현재 예화와 예화 어머니시지."

김춘추가 나지막하게 말했다.

오히려 그 바람에 이예화와 김한기는 입을 다물었다.

김춘추가 저렇게 말할 때가 더 무섭다는 것을 알기 때문이다.

"예화 어머니께서 우리 때문에 부엌에서 나오지도 못하

고 있어."

김춘추의 지적에 그제야 김한기는 1층 안쪽으로 시선을 돌렸다.

오늘 저녁 식사를 이곳에 하기로 한 만큼, 이예화와 이예화 어머니는 몇 시간 전부터 저녁 식사 준비에 신경을 쓰고 있었다.

"아, 맞다."

이예화도 마당에서 일어난 소란스러운 상황에 부엌에서 나오지 못하고 있는 자신의 어머니를 생각하고는 미안한 표정을 지었다.

솔직히 이예화도 리디아 걱정을 하고 있었다.

평소 돌아다니기 좋아하는 리디아지만 오늘 같은 날은 저녁 식사 전에는 도착했을 아이였다.

게다가 아무리 늦어도 지금쯤이라면 슬슬 집에 당도할 때가 되었다.

그래서 김춘추가 대문에 발을 들여놓기 무섭게 리디아 얘기를 꺼낸 것도 그 때문이다.

그녀 역시 리디아를 몹시 좋아했다.

싹싹하고 언니, 언니, 하면서 자신을 따르는 리디아가 싫지 않았기 때문이다.

다만, 리디아의 빼어난 미모와 그녀가 가지고 있는 특이한 상황 때문에 김춘추가 그녀에게 빠지지는 않을까 하는 마음 한편의 불편함은 늘 있었다.

그렇다고 해서 리디아가 어딘가로 사라지는 것은 바라지도 않았다.

그런데 일이 뜻하지 않게 두 사내의 차가운 표정과 말투 때문에 이예화는 상처를 받았고 결국은 김한기와 말싸움을 벌인 것이다.

동동이의 등장도 그렇고.

어쨌건 간에 마당에서 사람들을 세워 놓고 이러는 것은 아니었다.

더구나 살벌한 분위기에 자신의 어머니조차 나오지 못하고 있지 않는가.

"일단 들어가서 기다리자."

김춘추가 상황을 정리하는 한마디를 했다.

김한기를 통해서 리디아가 강남에 있는 것을 알았으니 거기에서 이리로 오고 있는 중일 게다.

강남에서 신림까지 30여 분이면 올 테니.

그때까지 차분하게 기다리는 것이 낫겠다는 판단을 내렸다.

모두가 고개를 끄덕였다.

이예화가 동동이의 손을 잡고 먼저 안으로 들어갔다.

그 모습을 보고 김춘추와 김한기는 서로 눈을 한번 마주치고는 알 수 없는 미소를 지었다.

김한기의 입술이 달싹거렸다.
하지만 아무런 말도 내뱉지 않았다.
그렇지만 그의 표정은 재밌어 죽기 일보 직전이었다.

제5장

오만과 패기 (2)

"형님, 저년을 어떻게 할까요?"

난쟁이가 리디아를 가리키면서 물었다.

"기다려라."

백호파의 행동대장 광식은 난쟁이의 말에 건성으로 대답했다.

그의 눈은 오로지 리디아에 향해 있었다.

너무도 아름답다.

단지 아름다운 것이 아니라 황홀할 정도다.

왜 위에서 저년을 찾는지, 왜 납치까지 지시했는지 대충 이해가 되었다.

사실 지금 조직은 강남의 패권을 확실히 쥐기 위해 한창

바쁠 때였다.

여자애 하나 납치하려고 조직원들을 쓸 여력도, 이유도 없었다.

처음 명령이 떨어졌을 때는 강남 사는 여자애를 납치할 정도로 무모하게 일을 벌이는 것에 의구심이 들기는 했다.

그러나 조직의 명령은 명령, 막상 저년을 보니 대충 상황에 대한 감이 왔다.

자신만 해도 당장 부하들을 물리고 리디아를 갖고 놀고 싶다.

아랫도리 쪽에서 벌써 신호가 올라오고 있었다.

하지만 저년은 높은 분에게 바치는 공물.

함부로 손댈 수가 없었다.

광식은 진심으로 안타까운 표정으로, 음흉한 눈빛으로 당장이라도 리디아를 잡아먹을 기세로 쳐다보았다.

리디아는 자신을 둘러싸고 있는 사내들의 반응에 몹시 불쾌했다.

이처럼 노골적으로 성적인 욕망을 드러내는 사내들이라니. 너무도 경박하다.

그녀는 지금 자신이 처한 상황이 하나도 두렵지가 않았다.

김춘추의 얼굴이 떠올랐다.

분명 자신이 없어진 것을 알면 구하러 올 것이다.

자신이 어디에 있던지 간에.

다만 언제 구하러 올 것인지가 문제였다.

바빠도 너무 바쁜 김춘추.

오늘 저녁 식사 시간에는 참석한다고 했으니 분명 깊은 밤이 되기 전에는 구하러 올 것이 당연했다.

"하나만 묻죠, 도대체 누가 나를 납치하라 하던가요?"

리디아가 광식을 향해 물었다.

이 방에 있는 사람들 중 가장 우두머리가 광식인 것을 눈치챘기 때문이다.

"이년이 말도 또박또박 잘하네."

광식은 그녀의 말에 오히려 감탄하듯이 말했다.

"그러게 말입니다. 분명 튀기 년일 겁니다."

"저년 말투를 보니 튀기 년이다."

광식은 난쟁이의 말에 격하게 동의하는 표정을 지었다.

그리고 내심 안심이 되었다.

한국에서는 혼혈에 대한 인식이 그다지 좋지 않았다.

'튀기'라고 부르면서 경멸하고 놀림의 대상이 되었으니깐.

리디아의 신분이 어찌 되었건 간에 집안에서는 감추고 싶은 비밀일 게다.

집안의 치부 같은 존재일 테니.

그런 애가 사라졌다고 해서 가출했다고 여기지, 납치되었다고 여기지는 않을 게 뻔했다.

광식의 얼굴에는 음흉스런 빛이 떠올랐다.

높은 분은 틀림없이 며칠 몇날을 갖고 놀다가 버리겠지.

그다음은 반드시 자신이 저년을 잡아채고 만다는 각오를 다졌다.

"튀기가 뭐예요?"

리디아는 짐짓 모르는 척 물었다.

이미 그녀의 아티팩트는 혼혈이라고 설명해 주었다.

하지만 시간을 끌기 위해서, 그리고 하나라도 더 많은 것을 알아내기 위해서 질문했다.

"그래도 집에서 곱게 자랐나 보지?"

난쟁이가 리디아를 보면서 약간은 안쓰럽다는 반응을 보였다.

그녀의 태도나 기품, 그리고 당당한 말투를 보면 집에서 기죽고 자란 아이가 아니었다.

강남에서도 가장 비싸다는 아파트에서 사는 걸 보니 그래도 나름 잘 사는 집에서 눈치 안 보고 키운 것이 분명했다.

"곱게 자랐어요. 그런데 튀기가 뭐예요?"

리디아는 난쟁이가 대꾸를 해 주자 살짝 미소를 지으면서 말했다.

리디아의 미소.

난쟁이는 순간 방 안이 환해지는 느낌을 받았다.

그뿐만 아니라 광식 등 그녀의 주변을 에워싸고 있는 사내 다섯이 황홀한 표정을 일순 지었다.

정말이지 말로 표현할 수 없을 정도로 예쁜 아이였다.

예쁜 여자아이에게는 답이 없다던가.

태생이 폭력배인 이들이, 평소와는 다르게 리디아에게만은 친절했다.

다른 애들 같으면 밧줄에 몸을 묶어 놓고 좁은 방에 처넣어 놓을 텐데.

리디아는 서로 구경하려고 자신들의 사무실에 데려다 놓고 쳐다보고 있었다.

밧줄에 묶어 놓지도 않고.

그냥 의자에만 강제로 앉혀 놓고 지켜보고 있었다.

물론 높은 분에게 바쳐질 아이라서 특별한 대우를 하는 것도 사실이지만.

어쨌건 간에 이들로서는 나름 리디아에게 특별 대접을 하는 셈이었다.

"너 같은 혼혈을 말하는 거다."

광식이가 난쟁이 대신 설명해 주었다.

"혼혈?"

리디아가 머리를 갸웃했다.

그 모습이 여간 예쁘지가 않았다.

"네 부모들 보면 모르냐?"

난쟁이가 살짝 불안한 표정을 지으면서 말했다.

그들은 리디아가 튀기일 거라는 믿음을 갖고 있었다.

아니, 그렇게 믿고 싶었다.

저런 절세 미녀를 납치한 후, 그 후환이 자신들에게 떨어지는 것이 아닌가 하는 불안감이 올라오고 있었기 때문이다.

그래서 리디아의 정확한 한국 발음에 튀기라고 우기고 싶을 정도였다.

"부모님 다 한국인이 아니신데요."

리디아가 침착하게 말했다.

"그, 그러면 어느 나라……?"

광식의 눈동자가 격하게 흔들렸다.

상부의 명령대로 납치는 했지만…

분명 탈이 나면 꼬리인 자신들을 자를 것은 뻔했다.

"영국인이요."

"영국인?"

리디아의 대답에 광식이 되풀었다.

리디아는 그들의 흔들리는 태도에 자신의 의도대로 이들이 걸렸음을 알아챘다.

'조금 더 흔들어 놔야겠네.'

리디아는 천연덕스럽게 이들을 보았다.

"켄트 백작 가문에 대해서는 들어 보셨는지요? 저 리디아 켄트예요."

리디아가 상냥한 어조로 물었다.

"……"

일순 사내들은 꿀 먹은 벙어리처럼 서로의 얼굴을 쳐다보았다.

쟤… 백작가의 딸이었어.

저런 애를 납치해도 되나.

무슨 외국인이 한국말을 저렇게 잘해.

위에서 무슨 속셈이지.

이거 큰일에 말려드는 거 같은데…….

말은 없어도 그들의 표정은 그야말로 썩어 문드러졌다.

"행동대장, 아무래도 위에 보고하는 게 좋을 것 같습니다."

난쟁이가 광식을 보면서 말했다.

심히 염려스러운 표정이었다.

광식 역시 고개를 끄덕였다.

이들에게 명령을 내린 자도 저년의 신분을 파악하지 못했을 게 너무도 뻔했다.

난쟁이는 황급히 문 쪽으로 사라졌다.

"당신들, 전혀 모르셨어요?"

리디아가 이들을 향해서 안쓰럽다는 표정을 지으면서 물었다.

광식과 멸치 등, 나머지 사내들은 꿀 먹은 표정을 지었다.

상대의 신분이 백작의 딸인 만큼, 위에서 어떤 명령이 내려질지 알 수 없는 만큼 섣부르게 행동할 수가 없었다.

물론 위의 명령 하나면 백작가의 딸이든 뭐든 상관이 없다.

하지만 지금은 상부에서조차 리디아의 신분을 사전에 알았는지 여부를 전혀 알 수가 없었다.

아니, 백작가의 딸을 납치해 오라는 무모한 명령을 내릴 조직은 아니었다.

그렇다면 필시……

광식은 아랫입술을 꽉 깨물었다.

그의 이마에서 힘줄이 튀어나오는 것만 봐도 그가 지금 얼마나 이 상황을 심각하게 여기는지 한눈에 알 수가 있었다.

그러나 그로서는 지금 할 수 있는 게 없었다.

그저 난쟁이가 돌아올 때까지는 그저 기다리는 수밖에 없었다.

"당신들 팔에 호랑이 그림이 그려져 있던데. 조직을 대표하는 건가 봐요."

리디아가 광식을 보면서 물었다.

이런 질문들을 할 때는 부하들보다 머리에게 직접 물어보는 것이 훨씬 낫다는 판단에서였다.

"말이 많군. 너는 우리에게 잡혀 왔다는 것을 잊지 마."

광식은 일부러 거칠게 대답했다.

여자애의 혓바닥 위에서 마냥 놀아날 수는 없으니깐.

"잡혀 온 거야 알죠. 거래 하나 할까요?"

리디아가 가볍게 웃으면서 말했다.

"거래?"

광식은 어이없다는 표정을 지었다.

"분명 상부에서도 몰랐을 게 뻔한데. 사실 제 신분은 그간 비밀이었거든요."

리디아가 조심스럽게 말했다.

"비밀이었다고?"

광식은 자신도 모르게 눈을 질끈 감았다.

오히려 그녀의 말이 모든 상황에 아귀가 맞아떨어졌다.

분명 상부, 보스나 보스를 움직일 수 있는 자는 그녀의 신분을 모르고 무작정 납치를 지시했겠지.

적어도 보스라면, 이처럼 무모한 명령을 내리지는 않았을 게다.

단지 여자 하나를 품으려고 부하들을 위험에 내모는 행위는 하지 않는다.

그렇다면 보스가 누군가에게 청탁을 받았다는 뜻이다.

그런데 보스를 움직일 만한 자라면 대한민국 내 로열층에 들어가는 작자일 게 뻔하지 않은가.

행동대장에 불과한 광식 그 자신이 알기에도, 한심스럽게도 로열층에 들어가는 작자들 중 자신의 욕심을 채우는 데만 관심이 있지, 끄나풀들이 어떻게 되건 말건 신경 안 쓰는 작자들이 꽤나 있었다.

필시 명령을 내린 보스도 저년의 신분을 모르는 상태였을 것이 뻔했다.

"너무 놀라시네요. 방금 제가 거래를 제안한 것 잊으시면 안 돼요."

리디아가 광식을 동정하면서 말했다.

지금 이들이 처한 상황이 어떤지 대충 파악했다.

아무래도 누군가의 명령을 받고 자신을 납치했는데, 자세한 정황은 전혀 모르는 것 같았다.

좀 전의 상황만 봐서도.

더구나 이곳에 있는 내내 이들의 말을 종합해서 판단해 보면 자신은 성적인 노리개 같은 역할로 납치를 당한 것이 분명했다.

그것이 의미하는 바는 명확했다.

'적어도 춘추 오빠의 적은 아니겠네.'

리디아는 그런 판단이 서자 내심 안심되었다.

자신을 볼모로 하여 김춘추를 위협하려고 한 것은 아닐까 하는 생각을 해 왔기 때문이다.

보통 여자라면 성적인 노리개로 납치당한 것을 깨닫는 순간 경악에 빠질 텐데, 그런 면에서 리디아는 꽤나 침착했다.

판테온에서도 워낙 빼어난 미모 탓에 여기저기 강대국의 왕족들이 그녀를 노리는 일이 종종 벌어지곤 했기 때문이다.

그녀의 나라가 그토록 추락하지 않았다면…

감히 한 나라의 공주를 납치하려 들지는 않았을 게다.

그런 수모를 겪는 것이 그녀나 가족들에게는 크나큰 상처였다.

아버지나 오빠가 왜 그토록 제국의 부활에 목숨을 걸고 차원을 열려고 했는지.

그 이유 중에는 바로 리디아 때문도 있었다.

어쨌건 간에 그 덕에 리디아는 이 상황에서도 전혀 동요하지 않았다.

"제안?"

광식이 리디아를 보면서 물었다.

그녀의 제안이 솔깃하지 않다면 거짓말이다.

하지만 조직에 매어 있는 이상, 조심스러운 일이기도 했다.

"만약 일이 잘못되면… 이건 어디까지나 만약인데요……."

리디아가 일부러 말을 아꼈다.

그 바람에 광식이 오히려 애가 탔다.

"만약?"

"여러 가지 변수가 있잖아요. 여기 호랑이파인지 뭔지에서는 제 신분을 모르는 것 같은데."

"호랑이파가 아니라 백호파다."

멸치가 옆에서 주제넘게 끼어들어 그녀의 말을 정정했다.

"네놈이!"

광식이 멸치를 보고 낮게 으르렁거렸다.

그제야 멸치는 자신이 실수했음을 깨달았다.

그냥 본능적으로 그녀의 말을 정정해 줬을 뿐인데.

"백호파, 제가 뭐 조직 이름을 알아서 무엇하겠어요."

리디아는 빙그레 웃으면서 재차 말했다.

"조직 이름 알았다고 절 죽이거나 하지는 않겠죠?"

그녀는 광식을 올려다보면서 물었다.

"……."

광식은 지금 머리가 복잡해져 왔다.

원래대로 그냥 위에 바치고 나중 그녀를 품어 볼까 하던 마음이 싹 가셨다.

자칫하면 이년을 죽여서라도 영영 비밀에 부쳐야 할 게다.

아니, 이미 조직에서는 그런 판단을 내렸을지도 모른다.

그녀의 신분이 백작가라면…

자칫하면 조직뿐만 아니라 대한민국 높은 어르신들이 발칵 뒤집어질 수도 있는 문제였다.

모든 것이 서로 아우르고 손을 잡고 배신하고.

더러운 시궁창 냄새가 나는 곳이 이런 곳이었다.

그리고 그중에서 여차하면 버림을 당하는 것이 이 세계판이었다.

백호파가 강남을 장악하는 가장 실세 중 하나라고 하지만 이제 막 서울 중심부를 용트림하는 세력일 뿐, 정·재계 실세들의 비호가 없었다면…

그리고 그 비호가 사라진다면…

한순간에 조직이 으스러지는 것은 시간문제였다.

"네년의 미래는 안 봐도 뻔하군."

광식은 리디아를 쳐다보면서 말했다.

"그렇죠, 상식적으론."

리디아는 침착하게 대꾸했다.

"상식적으론?"

광식은 리디아의 태도가 여간 마음에 들지 않는다.

시종일관 침착하다.

심지어 평온해 보인다.

자신들의 쥐락펴락하는 것이 눈에 뻔히 보였다.

"제가 제안을 하지 않았나요?"

리디아가 다시 한 번 제안에 대해서 말했다.

"제안? 네년 따위가 제안을 한다고 문제가 풀어질까?"

광식은 회의적인 반응을 보였다.

"글쎄요, 제가 제안을 하기 때문에 오히려 댁의 조직에서는 고마워하겠죠. 당신의 실력이 어떤지 모르지만, 조직을 살리려면 지금부터 저의 제안을 들어 보는 게 나을 것 같은데요."

리디아가 방긋 웃었다.

그 모습에 광식은 아연실색이 되었다.

하지만 그의 마음속 어디서, 그녀의 제안을 들어 보라고 알려 오고 있었다.

'곧 춘추 오빠가 올 텐데……'

리디아는 문 쪽을 힐끔 쳐다보았다.

그녀는 김춘추가 자신 때문에 엉뚱한 일에 크게 휘말리지 않았으면 싶었다.

그의 성정상 자신을 납치한 조직과 관계자들을 그냥 내버려 둘 리가 없었다.

하지만 그렇게 되면 김춘추에게 너무 많은 적이 생긴다.

리디아는 황녀다. 어렸을 때부터 정치에 관해서 교육을 받고 자랐다.

아직 갈 길이 먼, 김춘추의 미래에 적들이 너무 많이 생기는 것은 좋지 않다.

게다가 자신 때문에 그런 적이 는다는 것은 그녀 스스로 사양하고 싶었다.

낯선 세계에 처음 나타나 자신을 믿어 주고 여러 가지 이 세계에 대해서 많은 것들을 가르쳐 준 김춘추에 대해서 리디아는 진심으로 고마워하고 있었다.

그래서 바쁜 김춘추를 따라다니는 것보다 혼자의 힘으로라도 그분을 찾으려고 애를 쓰고 있었다.

그런데 뜻하지 않게 자신의 미모 때문에 납치를 당하다니. 이건 정말 민폐다.

리디아는 아랫입술을 꽉 깨물었다.

"제안이 뭐야?"

광식이 마땅치 않은 표정으로 물었다.

리디아는 고개를 끄덕였다.

곧 김춘추가 오겠지.

난쟁이는 백호파의 보스인 진인철과 수하 4명을 데리고 황급히 행동대장 광식이 있는 사무실로 향했다.

사무실로 향하는 동안, 백호파의 보스 진인철은 여간 속이 쓴 게 아니었다.

그깟 여자애 하나… 안일해도 너무 안일했다.

미래그룹이라면 대한민국의 투톱 중 하나, 차차기 후계 중 하나인 정이선의 요구에 제대로 알아보지도 않고 일을 벌인 게 가장 뼈아픈 실수였다.

진인철은 정이선의 얼굴을 떠올리면서 속으로 으르렁거렸다.

납치해 온 여자애의 신분을 그놈이 몰랐을 리 없다.
이건 뭐, 명백하다.
일이 잘못되면 자신과 조직에게 덮어씌우려는 정이선의 계략이었다.
여자는 탐이 나고, 지 손에는 그 대가를 묻히기 싫고.
'지 아비랑 다를 바가 없군.'
진인철은 미래그룹 회장인 정한영이 손주인 정이선을 각별히 여기는 이유를 잘 알고 있었다.
정이선의 아버지는 스스로 목숨을 끊었다.
방탕하고 가족의 명예를 더럽히는 생활만 골라 하다가 결국은 우울증과 정신병의 이유로 가족들에 의해서 감금되다시피 지냈다고 항간에서는 떠들어 댔다.
그리고 그 소문은 사실이었다.
정한영은 그런 이유 때문에 그 아들의 자식인 정이선을 더욱 불쌍히 여기고 그룹의 차차기 후계자로 발돋움할 수 있도록 많은 도움을 주었다.
정이선은 겉보기에는 할아버지의 기대에 부응하는 것처럼 보였지만, 그 속은 시궁창만도 못한 놈이었다.
그런 놈에게 잘 보이려고 그간 안간힘을 쓴 자신이 오히려 한심해 미칠 지경이었다.
설마 자신은 다른 조직들처럼 토사구팽이 될까 싶었는데, 아니 우려가 현실이 되었다.

그동안 그런 일에는 말려들지 않으려고 얼마나 조심하고 조심했던가.

'허탈하군.'

진인철은 이 사건의 결말이 어떻게 될지 그간의 경험으로 짐작할 수가 있었다.

백작가의 딸을 죽인다고 해도 입이 막아질까?

절대 아닐 것이다.

십오 년 전, 경찰서장의 딸이 납치 후 살해되었을 때 벌어졌던 일을 떠올렸다.

대통령까지 나서서 전 국가가 난리가 났었다.

결국 진범을 찾지 못하자, 가장 그럴듯한 동네 놈을 골라서 죄를 뒤집어씌우지 않았던가.

진인철은 그 사건을 너무도 잘 알고 있었다.

자신도 그 동네 출신이니깐.

어떻게 사건을 조작했는지 두 눈으로 똑똑히 보았다.

자신만은 저렇게 되지 않아야지, 하면서 얼마나 다짐했던가.

아니, 자신 같은 불량배 같은 놈이 걸리지 않은 것만으로도 천행이라고… 자신의 어머니가 수없이 말하지 않았던가.

'이 사건은 동네 놈 하나 덮어쓰기에는 너무 크지.'

진인철의 머리는 매우 복잡해져 왔다.

아직 사실 여부도 모른다.

선불리 판단할 수는 없었다.

직접 가서 그년을 보고 판단하는 것이 낫다.

벌컥.

난쟁이가 사무실 문을 열었다.

다음 순간, 그는 사무실 안을 보고 눈이 휘둥그레졌다.

뒤이어 진인철 역시 마찬가지였다.

사무실 안은 그야말로 난장판이 되어 있었다.

그것뿐만이 아니었다.

여자애를 감시하던 4명의 부하들이 사무실 여기저기에서 신음하고 있었다.

그리고 새파랗게 젊은 사내와 배불뚝이 중년 사내가 여자애 좌우에 서서 자신들을 노려보고 있었다.

진인철은 한눈에 상대가 보통 고수가 아니란 것을 깨달았다.

행동대장 광식이 3명의 부하를 데리고도 이 두 사내에게 무참하게 깨졌다.

저 두 놈들은 필시 여자애를 호위하는, 비밀 경호원 같은 존재일 것이다.

외모로 보면 전혀 그렇지 않은 것 같지만.

어찌 되었건 간에 일이 더 복잡하게 흐르고 있다는 뜻이었다.

그것도 백호파에게 아주 안 좋은 방향으로.

"네놈이 보스군."

김춘추가 사무실 안으로 들어서는 진인철을 향해서 나지막하게 말했다.

"감히 어디서 반말을……!"

난쟁이가 김춘추의 말에 큰소리를 쳤다. 하지만 이내 진인철에 의해서 제지당했다.

"내가 보스다."

진인철은 난쟁이에게 조용히 하라는 신호를 하고는 한발 나서서 사무실 안으로 들어섰다.

"흠, 보아하니 네놈이 직접 저지른 일은 아닌 것 같고."

김춘추가 진인철을 훑어보고는 입을 뗐다.

꿀꺽.

진인철은 자신도 모르게 김춘추에게서 흘러나오는 카리스마에 긴장을 했다.

명색이, 강남의 패권을 쥐는 실세 중 하나인 조직 폭력단을 이끄는 보스임에도 불구하고…

얼굴에 아직도 어린 티가 확 나는 젊은이에게…….

그 젊은이의 한 마디 한 마디가 소름 끼치도록 무서울 정도였다.

살면서 이렇게 자신을 기죽이는 자는 처음이었다.

어떻게 조직을 키웠던가.

배짱이라면 진인철도 그 누구도 두렵지가 않다.

그런데 지금은 정말 이상했다.

김춘추는 진인철을 노려보았다.

마음 같아서는 당장이라도 두드려 패고 싶었지만, 이성은 배후를 알아내라고 재촉하고 있었다.

진인철 같은 자는 절대 리디아를 납치하지 않을 게 뻔했다.

처음 사무실에 모습을 나타냈을 때.

그의 눈길이 가장 먼저 향한 곳은 자신들의 수하들이었다. 그러고 나서 김춘추를 바라보았다.

리디아 따위는 신경 쓰지 않는 눈치였다.

보통 여자에 미친놈은 지 부하의 안위 따위는 아랑곳하지 않는다.

그저 여자에 미쳐서 제일 먼저 리디아를 쳐다보았을 것이다.

하지만 상대는 리디아는 전혀 신경 쓰고 있지 않았다.

물론 그녀를 살펴보긴 했지만, 그 눈길은 상황 파악을 위한 탐색의 눈길이었다.

남자의 욕망이 담긴 눈길은 전혀 아니었다.

그가 그렇다는 것은 리디아의 납치 시도는 조직의 보스까지 움직이는 자라는 게 뻔했다.

김춘추는 미래의 정이선 얼굴이 떠올랐다.

두바이로 함께 경제협력시찰단에 포함되어 같은 비행기를 탔을 때, 그때 일어난 정이선의 행패가 되살아났다.

'분명 영국 귀족임을 알려 줬는데.'

김춘추의 얼굴에서 한심스러운 표정이 떠올랐다.

미래 정이선 같은 놈이 할 만한 짓거리였다.

누군가 희생양 하나를 만들어 놓고 자신의 욕망을 채우려는 그야말로 비겁한 놈이었다.

하지만 섣부른 판단은 금물.

이 조직의 보스라는 자를 족쳐서 이 일의 배후를 알아내는 게 중요했다.

다시는 이런 일을 벌이지 못하도록 해야 하니깐.

만약 정이선이라면 그를 단단히 옥죄어 놓아야 했다.

아니, 마음 같아서는 그런 쓰레기 따위는 그냥 처분해 버려야 한다.

"누가 시켰지?"

김춘추가 진인철의 눈을 똑바로 보고 물었다.

"하하하하하."

진인철은 김춘추의 말에 난데없이 웃음을 터트렸다.

그가 그러는 데는 이유가 있었다.

자신이 생각해 봐도 자신이 우스웠기 때문이다.

적어도 자신은 잘나가는 조직의 수장이었다.

그런데 고작 영국 귀족의 딸이라는 소리와 새파랗게 어린놈의 기세에 눌려 있는 자신을 깨달았기 때문이다.

"웃는다라……."

김춘추가 중얼거렸다.

뚝.

진인철이 웃음을 멈추고 김춘추를 노려보았다.

두 사내의 불꽃같은 시선이 허공에서 엉켰다.

"말로는 하기 싫다 이거군."

김춘추가 먼저 중얼거렸다.

"우리의 법은 단 하나, 내 입을 여는 방법은 그것밖에 없다."

진인철이 비릿하게 웃었다.

"좋다, 네놈의 부하들을 전부 데려와라. 다 상대해 주지."

김춘추의 입에서 뜻밖의 소리가 나왔다.

진인철은 속으로는 김춘추의 배짱에 아연실색이 되었다.

여기 있는 자신과 부하들뿐 아니라 나머지 부하들 전부를 데리고 덤비라니.

배짱도 이런 배짱이 없었다.

새파랗게 젊은 놈 옆에는 배불뚝이 중년 사내만이 서 있었다.

제대로 싸울 것 같지 않는 중년 놈이었다.

"가소로운 것."

진인철은 김춘추를 향해서 말하고는 난쟁이를 향해 눈

짓을 했다.

난쟁이는 진인철의 눈짓에 재빠르게 사무실 밖을 쏜살같이 뛰어나갔다.

이미 네 놈이 저 어린 것에게 당했다.

직접 싸우는 장면을 보지 못했으니 상대의 실력을 가늠하기가 어려웠다.

단지 외모만으로 우습게 볼 수가 없었다.

오랜 싸움꾼으로서.

무작정 자신까지 있다고 해서 저 어린놈에게 덤비는 것은 무모했다.

필시 저놈에게 무언가가 있었다.

진인철은 자신의 감을 믿었다.

그래서 상대의 제안대로, 난쟁이에게 부하들을 더 데려오라고 신호를 보낸 것이다.

이기는 자가 승자다.

그깟 쪽수가 더 많아서 이겼다는 사실로 부끄러워할 필요가 전혀 없었다.

"네놈의 오만을 한번 보지."

진인철이 김춘추를 향해서 비릿하게 웃었다.

곧 부하들 중 정예로 선발된 자들이 이곳으로 들이닥칠 것이다.

그 시간만 이곳에 있는 4명의 부하들이 막으면 된다.

자신이 굳이 나설 필요도 없었다.

아무리 뛰어난 싸움꾼도 쪽수 앞에서는 장사가 없는 법.

진인철이 좌우에 서 있는 부하들에게 입을 열었다.

"저놈 잡아!"

그와 동시에 부하들은 잽싸게 김춘추를 향해서 달려 나갔다.

각자 손에 야구방망이를 하나씩 들고 말이다.

"원하면 얼마든지 상대해 주지."

김춘추는 느긋한 얼굴로 말했다.

그러고는 리디아와 김한기의 앞으로 한 발 나섰다.

자신들을 향해 야구방망이를 휘둘러 오는 4명의 폭력배들을 여유 만만한 얼굴로 바라보았다.

다음 순간, 그가 움직였다.

탁.

타아아악탁!

둔탁한 타격음이 사무실 안 가득 울려 퍼졌다.

그야말로 전광석화와 같았다.

그리고 다음 순간…

"크헉."

"컥."

"으으윽."

"컥컥."

4명의 폭력배들이 신음을 흘렸다.

그리고 그 자리에서 고꾸라졌다.

진인철은 방금 자신이 본 광경을 믿지지 않는다는 눈초리로 바라보았다.

정말이지 찰나의 순간 벌어진 일이었다.

새파랗게 젊은 놈이 한 번 도약을 했다. 그러고는 360도 회전을 하면서 발과 주먹을 썼다.

단지 그것뿐이었다.

그런데 한방 한방에 자신의 부하들이 전부 나가떨어졌다.

단 한 방 맞고서는 계집애처럼 비명을 질러 대고는 의식을 잃어버렸다.

그렇다는 것은, 저 어린놈의 힘이 자신보다도 상당히 우위에 있다는 것을 의미했다.

조직 내 힘과 싸움에 있어서 가장 세다고 알려져 있는 진인철 자신도, 한 방으로 한 번에 넷이나 날려 버리기는 쉽지 않았다.

그런데 그것을 저 어린놈이 해냈다.

단 한 방에.

진인철의 입이 떡 벌어졌다.

"기다릴까?"

김춘추가 진인철을 바라보면서 물었다.

진인철은 그 말에 또 한 번 소름을 느꼈다.

여유롭다.

어린놈이 너무도 여유롭다.

자신의 힘만 믿고 설치는 풋내기가 절대 아니었다.

산전수전 다 겪은 백전노장이 저 어린놈의 껍데기 속에 들어앉아 있는 것만 같았다.

진인철의 머리가 재빠르게 회전을 했다.

이런 식이라면 몇십 명의 부하가 올라와도 한 방에 나가떨어질 것이 분명했다.

아무리 쪽수가 많아도 한 번에 공격할 수 있는 쪽수는 정해져 있었다.

동시에 저 어린놈을 6-7명이 공격한다고 해도 지금처럼 한 방에 나가떨어질 게 뻔했다.

"음……."

진인철이 신음 소리를 냈다.

"한 번 더 묻지, 얘를 데리고 오라고 한 놈이 누구지?"

김춘추가 리디아를 한 번 쳐다보고는 진인철을 바라보면서 물었다.

진인철은 다시 한 번 소름이 전신에 일었다.

그렇다고 해서 어린놈에게 말려들 수만은 없었다.

그의 실력이 아무리 자신보다 출중하다고 해서 이대로 무릎을 꿇는 일은 없을 것이다.

"내가 말해 줄 것 같은가?"

진인철 역시 지지 않고 말했다.

이렇게 부하들 앞에서 위축되는 꼴을 보일 수는 없었다.

진인철은 여차하면 자신도 나설 태세를 펼쳤다.

"좋게 얘기했을 때 말하는 게 좋을 텐데."

김춘추가 그런 진인철을 보면서 진심으로 안타깝다는 듯이 말했다.

그때 리디아가 바닥에 쓰러져 있는 한 녀석을 툭툭 건드렸다.

광식이었다.

"뭐해, 니네 보스에게 말해."

리디아가 빙그레 웃었다.

사실 광식은 보스가 사무실에 나타났을 때 정신이 들었다.

하지만 자신의 몰골도 몰골이고 상황이 어렵다 보니 그대로 기절해 있는 척하고 일어나지 않았다.

"으으으… 네."

광식은 리디아의 말에 더 이상 쓰러진 척하기도 뭣해서 바닥에서 일어섰다.

진인철은 그 광경을 어이없게 쳐다보았다.

저놈… 죽거나 기절한 거 아니었어?

광식은 자신의 보스를 보면서 무안한 표정을 지으면서 자신의 손으로 뒤통수를 긁어 댔다.

"보, 보스……."
"행동대장이란 놈이!"
 진인철은 광식을 보면서 소리를 버럭 질렀다.
 어이가 없었다.
 명색이 행동대장이란 놈이 겨우 바닥에 쓰러져 기절한 척이나 하고.
"오해십니다. 저도 막 깨어났어요. 아이고, 아가씨가 증명해 주실 겁니다."
 광식은 진인철이 아닌 리디아 쪽을 보면서 해명해 달라는 표정을 지었다.
 진인철은 그 광경이 더 기가 막혔다.
 납치해 온 여자애한테 아가씨라는 호칭을 쓰다니.
 어이가 없어도 정말 없었다.
 진인철은 힐끔 어린놈을 바라보았다.
 어린놈은 무슨 생각에서인지 아무런 말도 없이 팔짱을 낀 채로 돌아가는 상황을 주시할 뿐이었다.
"할 말이 뭐야?"
 진인철은 광식을 노려보면서 물었다.
 녀석의 연극에 대한 책망은 일단 뒤로 미룬다.
"저… 저……."
 광식은 연신 보스의 눈치를 보았다. 그리고 리디아 쪽의 눈치도 같이 보고 있었다.

'광식이 저런 놈이던가.'

진인철은 행동대장인 광식이 저럴 정도라면 상대방의 힘과 배후를 함부로 폄하할 수 없다는 것을 깨달았다.

광식마저 한순간에 주무르는 자들이었다.

광식은 단순히 힘만 센 행동대장이 아니었다.

진인철은 조직을 만들 때, 자신의 부하들은 무조건 힘만 세다고 거두지 않았다.

그 나름대로 철칙을 세워 지 한 몸은 지킬 수 있는 힘과 머리가 있는 녀석들을 골랐다.

그런데 그것이 오히려 독이 되었다.

행동대장이란 놈이 지 한 몸 지키겠다고 지 손으로 납치해 온 여자애에게 아가씨라 부르며 굽실거리고 있었다.

그렇다는 것은 상대가 자신의 조직보다 엄청난 힘과 권력을 가지고 있다는 것을 의미했다.

광식이란 놈이 그만한 눈치는 있으니.

어찌 됐건 간에 진인철로서는 좋지 않은 상황이었다.

부하인 광식처럼 한순간에 조직에 등을 돌릴 수 있는 상황이 그에게는 허락되지 않았다.

미래그룹을 적으로 돌려서는 그가 결코 이 판에서 살아남을 수가 없을 테니깐 말이다.

"말해."

리디아가 재촉했다.

"저기… 누가 이 일을 시켰는지 말씀만 해 주시면 우리 조직은 안 건드리겠다고 하십니다."

광식이 눈을 질끈 감고 입 밖으로 말을 뱉었다.

진인철은 어이가 없어 광식을 바라보았다.

그의 눈길은 자연스럽게 김춘추에게 향했다.

김춘추는 여전히 무표정한 자세로 그를 내려다보며 서 있었다.

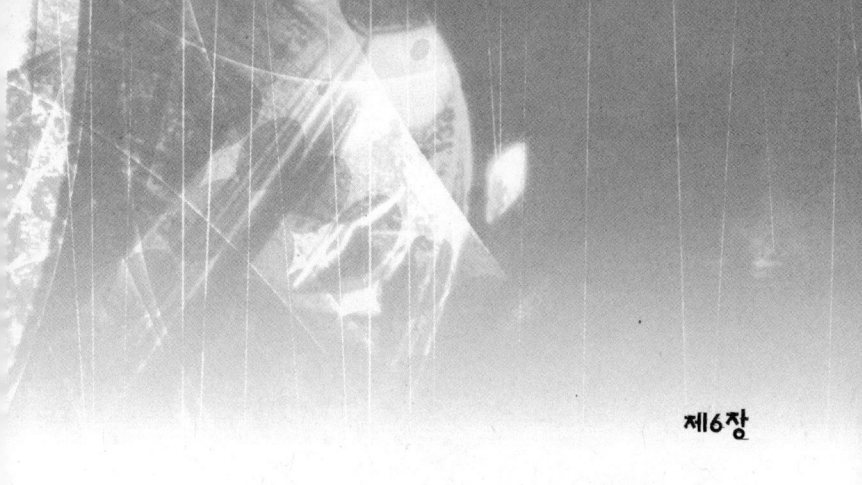

제6장

한 번은 패야지

"우리 조직은 안 건드린다? 하하하하하!"

진인철이 광식의 말을 비꼬면서 어이없는 웃음을 터트렸다.

"보, 보스… 제안을 받아들이십시오."

광식은 안타까운 눈빛으로, 진심에서 우러나는 말로 진인철을 바라보았다.

"지금 네놈의 입에서 그런 말이 나온단 말이지."

진인철이 자조적인 눈빛으로 광식을 향해 말했다.

"배, 백작가입니다. 게다가 저희 다 덤벼도 이자 하나를 이길 수가 절대 없습니다."

광식은 곁눈 짓으로 김춘추를 힐끔 바라보았다.

진인철의 얼굴이 한순간 구겨졌다.

막연히 이미 알고 있는 사실이었다.

어린놈의 눈길이, 단 한 번의 눈길에도 소름이 돋을 만큼 대단한 것은 사실이다.

그렇다고 조직의 수장으로서 이대로 물러설 수는 없었다.

미래 정이선이라는 것을 말하는 순간 조직은 끝이 난다.

진인철은 지금 이 순간이 여태껏 겪어 온 온갖 어려운 일보다 가장 큰 위험임을 깨닫고 있었다.

김춘추는 진인철의 대답을 기다리고 있었다.

그가 쉽게 입을 열지는 않을 게다.

진인철의 태도로 보아서 일개 조직을 이끄는 수장다웠다.

오히려 김춘추는 그런 모습의 그가 마음에 들기 시작했다.

우탕탕탕탕.

타타타타탁탁탁.

사무실 밖이 갑자기 시끄러워졌다.

부하들이 달려오고 있는 소리였다.

"저희 왔습니다."

조직 내 서열 2위인 설상국의 듬직한 소리가 등 뒤로 들려왔다.

그의 뒤를 따라 서 있는 자들은 조직 내 정예 중에도 정예 멤버 20여 명이었다.

사무실이 아무리 넓다고 해도 한계가 있는 공간이었다.

이런 공간에서 싸움을 하려면 인원수가 아무리 많아도 소용이 없었다.

어차피 한 번에 덤빌 수 있는 숫자는 한계가 있으니깐.

난쟁이는 이런 상황을 설상국에게 전부 보고했다.

보고를 받은 설상국은 진인철의 의도대로 정예만을 골라서 데려왔다.

하지만 이 순간에도 진인철은 설상국과 정예 부하들이 듬직하지 않았다.

그러나 길고 짧은 것은 대 봐야 한다.

상대의 솜씨 한 번으로 자신들의 열세를 예측할 수는 없었다.

"쟤들인가."

김춘추가 힐끔 문 앞에 도열해 있는 사내들을 보고 중얼거렸다.

대충 사내들을 보니 그들의 실력이 어떨지 파악되었다.

저 사내들 중 보스라는 자에게 입을 연 자가 가장 강할 것이다.

한눈에 봐도 190센티미터는 족히 넘는 키에 덩치마저 우람했다.

하지만 큰 덩치 못지않게 몸의 관리가 잘된 것이 보였다.

보통의 사람이라면 저자의 주먹 한 방이면 나가떨어질

게 뻔했다.

저자의 몸에서 뿜어져 나오는 기세도 다른 자들의 기세보다 두세 배가 넘었다.

물론 저자보다 보스라는 자가 더 힘찬 기세를 뿜어 대고 있었다.

김춘추는 사람들을 보면 그 몸에서 뿜어져 나오는 기운들을 볼 수가 있었다.

오랜 생을 통한 수련과 특히, 이번 생에 더욱 그 능력이 활성화되고 있었다.

사람들의 몸에서 나오는 기운도 여러 가지로 나누어진다는 것을 점점 더 알게 되었다.

특히 싸움꾼들에게 뿜어져 나오는 기세는 일상적인 기운과는 또 달랐다.

물론 싸움꾼들이라고 해서 일상적인 기운이 없는 것도 아니고 싸움꾼이 아니라고 해서 기세가 없는 것도 아니다.

단지 보통 사람들보다 기세가, 좀 더 구분하자면 공격적인 기세가 더욱 강하다는 것이었다.

보통 사람들은 머리로 생각하는 것들을 전부 몸으로 실행하지는 않는다.

그리고 몸을 쉽게 쓰지도 않고.

그렇지만 기세가 강한 자들의 특징은, 말보다는 몸이 먼저 움직인다는 것이었다.

그리고 보통 사람들보다 더 몸을 쓰는 일이 잦다는 것을 의미하기도 했다.

물론 단순히 몸을 많이 쓴다고 해서 기세가 강한 것은 아니었다.

그만큼의 실력이 있는 자들에게서 뿜어져 나오는 기세가 단순히 몸을 많이 쓰는 자들보다는 더 강력했다.

어쨌든 이들 중에 보스라는 작자가 덩치 큰 놈보다 더 힘찬 기세를 뿜어 대고 있는 것은 사실이었다.

잘 벼린 검과 같은 자였다.

김춘추는 자신도 모르게 한쪽 입꼬리가 올라갔다.

오랜만에 제대로 몸 좀 풀어 볼까.

진인철이 설상국에게 고개를 끄덕였다.

설상국은 뒤에 서 있는 정예 부하들에게 눈짓을 했다.

제일 먼저 정예 부하 일곱 명이 각자 각목, 야구방망이 등을 쥔 채로 김춘추 앞으로 신중하게 발걸음을 옮겼다.

"네가 자초한 바다."

진인철이 나지막하게 김춘추를 바라보면서 말했다.

"얼마든지."

김춘추가 코웃음을 쳤다.

"시작해라."

진인철이 낮게 으르렁대듯이 말했다.

그와 동시에 일곱 명의 부하들이 김춘추에게 손에 든 각목 등을 휘두르면서 덤볐다.

김춘추 역시 앞으로 나섰다.

"내가 안 도와줘도 괜찮겠어?"

김한기가 느긋하게 등 뒤에서 물었다.

"언제는 도와줬어?"

김춘추가 어이없다는 듯이, 뒤도 돌아보지 않고 말했다.

"내가 도와줄 기회가 없었지."

김한기가 콧구멍을 후벼 파면서 말했다.

겉보기에도 김한기는 김춘추를 도와줄 마음이 전혀 없어 보였다.

물론 보는 자에 따라서는 김한기가 무척이나 김춘추의 실력을 믿고 있는 것처럼 보였다.

진인철의 눈에는 그리 보였다.

'도대체 저 어린놈의 실력이 얼마나 대단하기에 중년의 사내 녀석이 움직일 생각도 안 한단 말인가……. 아니, 그 옆의 여자애는 또 어떻고……"

진인철은 부하들과 김춘추가 격돌하기 직전의 긴장이 감도는 상황임에도 불구하고 리디아와 김한기의 태도에 주목을 했다.

여자애의 경우, 솔직히 이런 상황이면 벌써 비명을 지르고 난리가 났을 텐데…

그녀는 눈썹 하나 까딱하지 않고 이쪽을 보고 있었다.

게다가 그 눈빛에는 연민까지 서려 있었다.

자신들을 향해서 말이다.

진인철로서는 어처구니가 없었다.

도대체 얼마나 대단한 실력이기에 같이 있는 자들이 저런 태도를 갖는단 말인가.

진인철은 아랫입술을 꽉 깨물었다.

조직 최대의 위기에서 이제는 조직이 완전 무너질 수도 있다는 생각이 들기 시작했다.

일곱 명의 사내들은 김춘추를 원으로 감쌌다.

이미 난쟁이에게 김춘추가 한 번의 도약으로 네 명을 제압했다는 사실을 전해 들었다.

그런 까닭에 이들은 신중하게 김춘추를 감싸고는 그의 빈틈을 살피고 있었다.

"제법인걸."

자신의 머리를 향해서 각목을 쳐들고 있는 사내들을 보면서 김춘추가 말했다.

"그렇게 말할 여유는 없을 텐데."

사내들 중 가장 서열이 높은 사내가 김춘추에게 말했다.

여전히 그의 손에 든 각목은 김춘추의 머리통을 향해 있었다.

일곱 명의 사내들은 한 걸음 더 앞으로 전진했다.

김춘추를 둘러싼 포위망이 더 좁아졌다.

이대로라면 이들이 동시에 각목 등을 내지르면 김춘추의 머리통이 수박 통이 쪼개져 나가듯이 으스러질 게 뻔했다.

하지만 김춘추는 여유로웠다.

스윽.

포위망을 둘러싼 사내들 중 한 사내의 각목이 살짝 올라갔다.

이들끼리만 아는 신호였다.

공격.

그 순간 동시에 김춘추를 향해서 각목이 쏟아졌다.

타타타타탓탓.

스스스스스슥.

각목이 터져 나가는 소리가 들려왔다.

"크허허헉."

"컥."

그다음은 일곱 명의 사내들 입에서 나오는 비명 소리였다.

아무리 강한 자라고 해도 어쩔 수 없는 본능의 소리였다.

'이럴 수가!'

진인철과 설상국은 방금 전의 광경에 서로의 얼굴을 한 번 바라보고는 다시 한 번 일곱 명의 부하가 쓰러져 있는 곳을 바라보았다.

분명 일곱 개의 각목들은 김춘추의 머리를 향해 쏟아졌다.

하지만 그 속도보다 김춘추의 손과 발이 더 빨랐다.

단 한 번 그의 몸이 오른쪽으로 360도 회전한다 싶더니 각목들이 일순간에 터져 나갔다.

부러진 게 아니라 그냥 폭탄 터지듯이 터져 나갔다는 표현이 옳았다.

그러고는 다시 한 번 왼쪽으로 360도 회전했다.

그러자 이번엔 부하들의 비명 소리가 울려 퍼졌다.

김춘추의 손이 너무도 빨라서 언제 일곱 명의 사내들 복부 등을 가격했는지 보이지 않을 정도였다.

그리고 아까와 마찬가지로 단 한 방에 사내들이 그 자리에서 뻗어 나갔다.

도대체 저 주먹과 발은 무쇠로 만들어졌단 말인가.

진인철은 아랫입술은 깨물었다.

하지만 마냥 넋 놓고 있지는 않았다. 그는 설상국에게 눈짓을 했다.

그러자 바로 또 다른 일곱 명의 사내가 김춘추를 향해서 돌진했다.

이번에는 돌진한 게 아니라 각자의 간격을 두고, 게다가 칼을 들고 있었다.

김춘추가 한 번에 공격하지 못하게 만들 요량이었다.

"하악!"

한 사내가 기합 소리를 크게 외쳤다. 김춘추의 시선을 잡기 위해서였다.

그가 반응하자 다른 사내가 김춘추의 등 뒤에서 칼을 휘두르면서 들어왔다.

하지만 이들도 곧, 앞서 쓰러진 사내들과 같은 운명이 되었다.

두세 명이 김춘추의 시선을 끌고 나머지가 다른 방법과 다른 자세로 공격해 왔지만 역부족이었다.

"……."

그 광경을 보고 있는 설상국의 얼굴이 시뻘게졌다.

그간 저들을 어떻게 훈련시켜 왔는가.

그런데 한눈에 봐도 아직 솜털이 가시지 않은 애송이에게 맥없이 나가떨어지고 있었다.

설상국은 나머지 여섯 부하들에게 눈짓을 했다.

스윽.

설상국의 거대한 몸도 함께 움직였다.

"이야야야야!"

"하앗!"

"이얏!"

이번에는 여섯 부하들이 동시에 김춘추를 향해서 고함을 내지르면서 칼을 찔러 들어왔다.

앞서 공격하던 자들과는 또 다른, 한층 재빠른 몸짓과 잘 맞춰진 자세였다.

챙챙챙!

김춘추는 먼저 그들의 칼을 전부 발로 차서 허공에 날렸다. 그러고는 앞서 같은 방법으로 주먹을 내질렀다.

이미 이들도 예상을 했는지 칼을 김춘추에게 내지르는 동시에 몸을 옆으로 살짝 움직이고 있었다.

김춘추의 몸놀림이 워낙 전광석화 같으니 이런 방법을 쓴 것 같았다.

제대로 머리가 있는 놈들이었다.

싸움을 보고 그 싸움을 통해서 자신들이 어떻게 싸워야 할지 스스로 생각하는 녀석들이었다.

'저놈이 훈련은 제대로 시켰군.'

김춘추는 싸우는 와중에도 이들의 자세를 높이 평가했다.

하지만 봐줄 수는 없었다.

김춘추가 다시 한 번 몸을 돌려 허공에 도약을 했다.

그 순간 여섯 명의 사내가 일제히 김춘추에게 몰려들었다.

언뜻 보면 자충수와 같은 방법이었다.

좀 전까지 지능적으로 움직이더니… 왜?

그 이유는 설상국에게 있었다.

이들은 그에게 시간을 벌어 주고 있었다.

자신들의 공격이 먹히지 않을 때, 그다음은 설상국이 공격하기 쉽게 김춘추에게서 틈을 만들어 내려는 것이었다.

김춘추가 여섯 명의 사내에게 몸을 돌려 발차기를 날릴 때, 설상국이 거대한 체구를 날렵하게 움직여서 김춘추의 머리통을 향해서 칼을 그대로 내리꽂았다.

이 모든 게 제대로 맞았다면, 김춘추는 그대로 외마디 비명을 질렀어야 했다.

뚝!

채앵!

날카로운 칼날이 부러지는 소리.

김춘추는 몸을 돌려 여섯 명의 사내에게 발길질을 하는 동시에 설상국의 칼을 손으로 잡아 부러뜨렸다.

으으으윽.

여섯 명의 사내가 비명을 지르면서 그대로 고꾸라졌다. 하지만 설상국의 공격은 계속되었다.

그는 자신의 공격이 막혔을 때를 대비해서 이미 칼날을 내리꽂는 순간, 다른 한 손은 김춘추의 목덜미를 향해서 뻗고 있었다.

그 바람에 김춘추의 발과 손이 동시에 묶인 셈이었다.

그의 목은 설상국의 손아귀에 잡혔다.

"어, 어떻게 해!"

이 광경을 지켜보던 리디아는 자신도 모르게 소리를 질렀다.

"뭘 어떻게 해."

김한기가 그런 그녀를 오히려 타박했다.

저 정도는 아무것도 아니라는 표정이었다.

그러나 리디아의 시선은 여전히 김춘추에게 떨어질 줄 몰랐다.

그녀의 새하얀 얼굴이 더욱 새하얗게 질렸다.

하지만 다음 순간 그녀의 표정이 환하게 밝아졌다.

설상국의 손에 목덜미가 잡힌 김춘추는 자신의 목에 조여오는 힘에도 불구하고 평온한 표정을 지었다.

아니, 오히려 여유로웠다.

"힘 다 주었나?"

김춘추가 같잖다는 표정으로 설상국에게 말했다.

설상국은 어이가 없었다.

상대의 괴력에 놀랄 수밖에.

자신은 있는 힘을 다해 상대의 목덜미를 쥐고 있었다.

그의 커다란 손에 상대의 목이 전부 잡힐 정도였다.

그런데 자신의 힘을 전부 쥐고 있는 상황임에도 상대가 느긋한 어조로 말을 한다.

이럴 수가 있단 말인가.

설상국은 순간 허무했다.

그의 머리에서 이길 수 없는 싸움이라는 생각이 일었다.

"생각이 많네. 쉽게 해 주지."

김춘추가 속삭이듯이 말했다.

퍼억!

그와 동시에 김춘추의 주먹이 설상국의 복부를 가격했다.

"크헉!"

설상국의 눈이 동시에 커져 갔다.

자신의 복부에 가격된 힘, 그 엄청난 힘에 저절로 비명이 터져 나왔다.

앞서 부하들이 그의 주먹 단 한 방에 왜 그리 비명을 질러대고 쓰러졌는지 이해가 되었다.

오장육부가 뒤틀어지고 전신의 내장이 진탕되는 기분이었다.

"확실히 덩치가 있어서 그런가, 반응이 좀 늦네."

김춘추는 그렇게 중얼거리더니 다시 한 번 설상국의 복부를 가격했다.

"컥!"

설상국은 더 이상 아무런 생각도 하지 못한 채 그대로 바닥에 쓰러지고 말았다.

"이제 네놈 차롄가?"

김춘추가 진인철을 바라보았다.

진인철이 고개를 끄덕였다.

그의 얼굴에는 죽음을 각오한 빛이 떠올랐다.

'아깝네.'

김춘추는 진심으로 진인철이 탐이 났다.

진인철은 자신의 두 주먹에 힘을 주었다.

김춘추는 그 광경을 보고 고개를 끄덕였다.

상대방을 완전히 제압하기 위해서는, 그가 싸울 기회를 주어야 한다.

여기서 더 협상을 벌여 그를 자신의 편으로 만들고 말고는 차선의 문제였다.

무엇보다 진인철의 능력을 보고 싶었다.

다른 사내들보다 강한 기세를 펼치고 있는 진인철의 실력을 확인해야 했다.

"하아앗!"

진인철이 기합 소리를 내지르면서 허공을 도약해 몸을 띄웠다.

동시에 그는 두 주먹을 김춘추를 향해서 번개처럼, 속사포처럼 쏟아 냈다.

퍼퍼퍼퍼퍼퍽.

김춘추 역시 진인철의 공격을 재빠르게 두 주먹으로 막아 냈다.

퍼퍼퍼퍽퍼퍽퍽!

진인철의 공격은 계속되었다.

'제법 강하군.'

김춘추는 일부러 상대의 공격을 계속 지켜보았다.

그의 힘이 어느 정돈지 측량해 보고 싶었기 때문이다.

확실히 다른 사내들보다 몇 배는 위력이 강했다. 몸놀림이나 눈빛 역시 말이다.

확실히 이들의 보스를 할 만한 놈이었다.

진인철은 계속해서 김춘추에게 쉬지 않고 주먹세례를 내질렀다.

공격은 계속되었지만 김춘추는 여전히 그의 주먹을 가볍게 쳐 내고 있었다.

그냥 가볍게 쳐 낸다…….

진인철의 머리는 점점 혼란스러워졌다.

상대가 자신을 갖고 놀고 있었다.

그게 뻔히 보였다.

굴욕도 이런 굴욕이 없었다.

하지만 싸움은 이기는 자가 승자이다.

이까짓 굴욕 따위는 상관없었다.

때로는 상대의 오만이 싸움의 패인이 되곤 한다.

그 점을 잘 아는 진인철은 절대 포기하지 않았다.

'오냐, 네놈을 확실히 보내 주마.'

진인철은 심기일전해서 자신의 주먹에 모든 힘을 쏟아 주먹을 내질렀다.

하지만 그마저 가볍게 김춘추는 막아 냈다.

사실 김춘추는 이들의 공격이 가소롭기는 했다.

카타나 산에서 돌아온 이후, 밤마다 꿈속에서 시바 여왕의 훈련을 계속 받아 오던 그였다.

 오크니 고블린이니 트롤이니 하는 몬스터들과 계속해서 싸움을 했다.

 꿈속에서 받는 훈련이라지만 그 느낌은 현실과 같았다.

 그곳에서의 죽음은 현실에서 죽음과 같이 강력하게 고통스러웠다.

 그리고 그곳에서 배우는 깨달음과 거듭 쌓아지는 스킬과 능력은 현실에서도 마찬가지로 늘어 있었다.

 이제는 3서클의 마법도 꿈속에서는 제대로 시현되었다.

 물론 현실에서도 그의 가슴에 마나 서클이 3개로 늘어나기까지 했다.

 꿈속에서 마나 서클이 늘어났기 때문이다.

 꿈속이라지만 판테온 세계와 동일한 조건에 있는 만큼, 그곳의 마나 덕에… 그리고 극한의 상황에 내몰려 싸운 덕분에 마법 역시 일취월장했다.

 마나 서클이 그렇게 늘어난 것도 그 덕택이었다.

 시바 여왕도 이런 식으로 두 세계를 지키는 파수꾼의 실력을 쌓아 갔겠지.

 물론 김춘추는 시바 여왕의 뜻대로 자신이 두 세계를 지키는 파수꾼이 될 마음은 없었다.

 하지만 호기심은 있었다.

 리디아 황녀가 말하는 판테온이라는 세계에.

그리고 마법이 주는 무한한 매력에 이번 생은 더욱 활력이 넘치고 있었다.

어쨌든 그런 상황에 있는 김춘추로서는 백호파의 공격 따위는 오크들의 공격 정도밖에 되지 못하고 있었다.

물론 이런 사실을 진인철이나 그 부하들이 알 리가 없었다.

"네놈도 공격해라."

진인철은 자신의 연속되는 공격이 김춘추에게 막히는 것을 보면서 으르렁댔다.

이렇게 노리개처럼 당한다는 것이 자존심이 상할 수밖에 없었다.

상대에게 죽는 한이 있더라도 제대로 싸우고 죽는 것이 나았다.

"안 그래도 그럴 생각이야. 제안하나 하지, 이번에는 내가 공격하지. 이 공격을 막아 내지 못하면 네놈 조직을 해산시켜라."

김춘추가 말했다.

"해, 해산?"

진인철은 뜻밖의 제안에 당황했다.

그가 제안해 온다기에 여자애를 납치한 배후를 물어볼 것이라 생각했기 때문이다.

"그렇다. 보아하니 네놈에게 사주한 녀석을 입에 대기에는 조직이 걸리는 것 같으니 조직을 없애고 내 밑으로 들어와라. 물론 그다음은 알지?"

김춘추가 천연덕스럽게 말했다.

진인철은 입을 딱 벌렸다.

자신의 입을 열고자 아예 조직을 없애라는 것이었다.

어찌 보면 맞는 말이었다.

미래 정이선을 떠벌리는 순간 자신의 조직이 분해되는 것은 시간문제였다.

단순히 조직의 분해 정도가 아니었다.

권력에 의해 철저하게 뭉개질 게 뻔했다.

아무리 지들이 잘못했어도 권력자들은 그것을 인정하지 않는다.

어쩔 수 없이 입을 열었다고 해도 그들은 자신의 탓만 할 것이 뻔했다.

그런데 이런 암흑가의 생리를 어린놈이 뻔히 꿰뚫고 있었다.

마치 몇백 년을 산 능구렁이 같은 자였다.

"미친 새끼."

진인철은 일부러 욕설을 뱉었다.

어린놈의 제안을 덥석 물 마음은 전혀 없었다.

물론 그의 마음속은 이미 갈등하고 있었다.

하지만 그런 티를 내지 않으려고 그는 더욱 거친 표정을 지었다.

"나 미친 거 맞아. 저 애를 너희가 납치했을 때 이미 미쳤거든."

김춘추가 천연덕스럽게 말했다.

엉뚱하게도 그의 말에 가장 먼저 반응한 것은 리디아였다.

그녀의 볼이 순식간에 붉어졌다.

김춘추의 말을 제대로 오해하고 들었기 때문이다.

그가 미쳤다는 뜻은 자신의 책임하에 있는 리디아가 이런 꼴을 겪은 것에 대한 일종의 자책 어린 말이었다.

그런데 리디아는 김춘추가 자신에게 마음을 두고 있다는 뜻으로 해석했다.

'얘 또 단단히 오해했군.'

옆에서 리디아를 지켜본 김한기는 어이없는 웃음을 터트렸다.

상황이 묘하게 흘러갔다.

재밌다.

이런 것은 아주 재밌다.

김춘추, 저놈은 리디아가 이런 반응을 보일 리라고는 생각지도 못할 게 뻔했다.

원래 둔한 놈이니깐.

이예화에 리디아까지.

이거 일이 더욱 재밌게 되었다.

싸움 중에도 여자들 싸움이 제일 재밌지.

사내들끼리 몸으로 투탁거리면서 싸우는 것은 재미가 없다.

"빨리 끝내!"

김한기가 뒤에서 버럭 소리를 질렀다.

"들었지?"

김춘추가 씨익 웃으면서 말했다.

"나도 원하는 바다."

진인철이 대꾸했다.

"부하들을 전부 살리려면 내 제안에 따르는 게 좋을 거야."

"조직이 없어지는 것에 겁낼 내가 아니다."

"그렇지. 그러면 이건 어떨까?"

김춘추는 말이 끝나기가 무섭게 진인철을 향해서 주먹을 내질렀다.

진인철은 그 순간 세상이 번쩍하는 것만 같았다.

피한다고 피했는데… 그의 주먹이 자신의 복부를 강타했다.

퍽!

둔탁한 소리와 함께 전해져 오는 강렬한 고통과 통증.

부하들의 통증을 알 것 같았다, 왜 그리 기절했는지.

하지만 그는 보스다.

진인철은 가까스로 몸의 중심을 세웠다.

"방금 그건 내 주먹이 얼마나 센지 경험해 보라고 한 거야."

김춘추가 빈정거렸다.

"자, 이제 네놈 조직은 끝난 거고."

"뭘 더 어쩌란 건가!"

진인철이 자신을 향해 빈정거리는 김춘추를 향해서 소리를 질렀다.

"나 그렇게 정의롭지 않거든?"

김춘추는 그리 말하면서 바닥에 쓰러져 있는 사내들을 쳐다보았다.

순간 진인철은 그 말의 의미를 알아챘다.

"비, 비열한 놈! 쓰러져 있는 자들을 공격하겠다는 건가?"

"네놈만 입을 열면……."

김춘추가 별거 아니란 식으로 말했다.

진인철은 자신도 모르게 두 주먹을 부르르 떨었다.

자신을 때려눕히는 것은 얼마든지 참을 수가 있었다.

이런 수모 따위… 부하들만 지킬 수 있다면.

그런데 자신의 입을 열기 위해서 쓰러져 있는 부하들을 저 놈은 공격하려 하고 있었다.

저놈의 주먹 한 방에 나가떨어진 부하들인데.

아마 다시 한 번 맞는다면 살아도 사는 게 아닐 게다.

병신 되는 것은 시간문제였다.

"뭘 그리 부들거리고 그래? 네놈들끼리는 의리가 있다는 말인가? 어이가 없군. 네놈들이 그동안 행사한 폭력으로 얼마나 많은 사람들이 병신이 되고 쓰러졌을까? 패가망신한 자들도 수없이 많을 테지."

김춘추가 비릿하게 웃으면서 계속 중얼거렸다.

"병신 새끼들이 아주 지랄하고 있군. 네놈에게 그런 자격이나 있을까?"

"……."

진인철은 그만 꿀 먹은 벙어리가 됐다.

나름 조직의 보스로서 괜찮게 살아왔다고 생각했다.

그런데 김춘추의 말을 들어 보니 하나도 틀린 말이 없었다.

자신들은 그 누군가의 힘과 돈을 뺏으면서 살아왔다.

자신들이 살기 위해서 응당 그것이 당연했다.

그러면서 자신들끼리는 나름 의리와 명예 등을 가장해 번지르르하게 모양새를 내고 있었다.

하지만 그런 것은 전부 가식에 불과했다.

"어쨌든 네놈은 자신의 목숨보다는 부하들이 병신 새끼가 안 되는 것이 더 소중하겠지. 그 점은 마음에 든다. 그래서 선택의 여지를 주는 거지. 너 스스로 결정해라."

김춘추가 마지막 말에 힘을 주었다.
진인철은 아무런 말도 없이 그런 그를 바라보았다.
답은 정해져 있었다.

꿀꺽.

진인철은 자신의 한마디에 조직, 아니 부하들의 목숨이 달려 있다는 것을 잘 알고 있었다.

자신의 눈앞에 있는 어린놈은 보통 내기가 아니었다. 저 놈의 눈이 그렇다.

어떤 동정도, 연민 따위 티끌 하나 찾아볼 수가 없었다.

"미래, 정이선."

진인철이 중얼거렸다.

"역시."

김춘추가 그 말에 고개를 끄덕였다.

"이미 알고 있었군."

"증거가 필요했지."

김춘추가 진인철의 말에 대꾸했다.

"이제 어쩌려고?"

"뭘 어떻게 해."

김춘추는 그렇게 말하고는 리디아와 김한기를 향해서 뒤를 돌아보았다.

"정이선이래. 그만 가지."

"그거참 오래 걸렸네."

김한기가 김춘추의 말에 투덜거렸다.

리디아는 여전히 상기된 표정으로 의자에서 일어났다.

'얜 왜 이래?'

김춘추는 리디아의 얼굴을 한번 들여다보고는 고개를 갸웃거렸다.

그녀의 눈이 자신의 얼굴을 빤히 쳐다보고 있었다. 그 전에는 보지 못한 눈빛이었다.

'이제 네놈 골치 아플 게다.'

김한기는 그 광경을 재밌다는 듯이 보았다.

"가자."

김춘추는 그 말을 끝으로 먼저 사무실 밖으로 향했다.

그 뒤를 리디아와 김한기가 따랐다.

둘은 진인철에게 아무런 말도 없었다.

아니, 철저하게 투명 인간처럼 무시를 했다.

그렇게 세 사람은 진인철을 두고 가 버렸다.

사무실 안은 스물한 명의 사내들이 바닥에 널브러져 기절해 있고, 광식이 등 처음 기절했다가 깬 사내 네 명은 이 상황에 무슨 말을 해야 할지 몰라서 눈만 멀뚱멀뚱 뜨고 있었다.

진인철은 그 중심에 서서 멍하니 넋을 놓고 있었다.

◈ ◈ ◈

콰락.

정이선의 목이 누군가의 손에 거칠게 잡혔다.

"으으윽."

그는 있는 힘을 다해 손길을 쳐 내고 싶었지만 그럴수록 목에 죄어 오는 힘은 더욱 강했다.

말도 나오지 않았다.

이대로 죽는 것이 눈앞에 뻔히 보였다.

'이게 웬……'

정이선의 머릿속은 제대로 된 생각을 할 수가 없었다.

오늘 낮의 일이었다.

백호파의 진인철에게서 여자애를 데려왔다는 연락을 받았다.

그 연락을 받자마자 맡고 있던 춘천 건설 현장에서 서울로 정신없이 차를 몰고 왔다.

그러고 나서 강남 르네상스 호텔 스위트룸으로 한걸음에 달려왔다.

곧 리디아가 온다.

그 생각만으로 온몸이 짜릿했다.

벌써 그의 아랫도리는 흥분으로 가득 찼다.

그는 아무것도 입지 않는 전라 상태에 흰 가운 하나만 걸치고 거실에서 리디아를 기다리고 있었다.

그의 머릿속은 온통 어떻게 하면 즐길 수 있는지 그간의 다양한 경험 등을 떠올리고 있었다.

건설 현장을 내팽개치고 올라온 것에 대해서 할아버지의 질책은 보나마나 떨어질 게 뻔했다.

자신들이 데리고 있는 직원들 중 할아버지 쪽 사람이 있기 때문이다.

하지만 그것은 내일 일이다.

오늘은 리디아에게만 집중하고 싶다.

할아버지의 호통이 무서웠다면… 애초에 리디아를 납치해 오라고 백호파에게 은근슬쩍 청탁을 넣지도 않았을 게다.

어쨌건 간에 백호파가 운영하는 룸살롱 웨이터 놈이 제대로 머리가 돌아가는 놈이었다.

물론 리디아가 어디서 사는지 알려 준 것은 자신이었다.

뭐, 그게 어때서.

나중에 탈이 난다면… 범인은 백호파지 자신이 아니었다.

정이선의 입가에서 음흉한 웃음이 새어 나왔다.

일개 조직 폭력단 따위 어떻게 되든 알 바가 아니었다.

얼마든지 대용할 만한 놈들은 있으니깐.

그리고 할아버지 호통 따위는 무시하고 남을 만큼 리디아를 품을 수만 있다면 얼마든지 견딜 수가 있었다.

'흐흐흐, 김춘추 그놈이 아주 약 올라 하겠지.'

정이선의 또 다른 기쁨.

바로 자신의 할아버지, 미래의 오너인 정한영조차 새파랗게 어린 신생 사업가인 김춘추를 높이 평가하고 있었다.

그런 놈이 리디아가 사라진 것을 알면 어떤 반응을 보일지 그 생각만으로도 재밌었다.

물론 백호파가 납치했다는 것은 알지 못할 게다.

어떻게 알 수가 있겠는가.

백호파는 조직 폭력단 중에서도 제법 머리가 돌아가는 작자들로 구성되어 있었다.

그리고 들통이 나도 자신은 전혀 문제없었다.

백호파의 진인철이라면 그 자신이 죽으면 죽었지 정이선의 이름을 내뱉지는 않을 것이다.

모든 게 순조로웠다, 정이선의 계획은.

그런데 곧 온다는 리디아는 오지 않고…….

정이선의 두 눈은 점점 동공이 확장되고 있었다.

"커커컥!"

제대로 숨을 쉴 수가 없었다.

상대가 마음먹기에 따라서 그는 그대로 죽을 수도 있었다.

하지만 어떻게 된 일인지, 상대는 자신을 죽일 의도는 없는지 고통만 주고 있었다.

"네놈이 벌인 일이 뭔지는 알지?"

정이선의 목줄을 쥔 김춘추는 나지막하게 으르렁거렸다.

물론 자신의 정체를 드러내지 않으려고 얼굴엔 황금색 가면을 썼다.

"……."

정이선은 어떻게든지 이 순간을 모면하려고 발버둥을 쳤다.

하지만 상대는 협상할 마음은 전혀 없는지, 질문을 하면서도 대답은 듣기 싫은지 더욱 손에 힘을 주고 있었다.

정신이 아찔했다.

정이선은 간신히 두 손을 비벼 댔다.

목에서 소리가 나오지 않으니 몸으로라도 보여 주기 위해서였다.

김춘추는 정이선의 태도에 더욱 가소롭다는 표정을 지었다.

"그래, 네놈은 딱 거기까지군."

턱.

그가 정이선의 목을 쥔 손에 힘을 풀었다.

털썩.

정이선은 그대로 바닥에 주저앉았다.

오금이 다 저렸다.

이렇게 죽는다는 것이 어떤 것인지 이해가 되었다.

그리고 이내 정이선은 자신이 앉아 있는 바닥이 축축하

다는 것을 깨달았다. 자신의 아랫도리에서 흘러나오고 있었다.

찰칵.

순간 카메라의 셔터 소리가 들려왔다.

정이선은 흠칫 놀랬다.

이내 복면 사내의 목소리가 들려왔다.

"네놈이 아무리 경호원들에게 둘러싸여 있어도 난 널 언제든지 죽일 수가 있어. 이 사진은 말이지, 앞으로 네놈의 행동에 달려 있지. 지금처럼 쓸데없이 힘을 휘두른다면 얼마든지 기사로 뿌려 주지."

"제… 제발……."

정이선은 복면 사내에게 매달렸다.

"기사로 뿌리는 것도 귀찮다. 네놈은 그럴 가치도 없지. 그냥 네놈 할아버지에게 갖다 주면 되겠지."

복면 사내가 심드렁하게 말했다.

"다, 다시는 그러지 않겠습니다."

정이선은 무릎을 꿇고 두 손을 싹싹 비볐다.

살아서 이런 치욕은 처음이었다.

하지만 지금 당한 일보다, 자신의 이런 모습이 할아버지의 눈에 들어간다면 어떤 일이 생길지. 그 자신도 잘 알고 있었다.

"네놈은 내 손바닥 위에 있음을 잊지 마라."

복면 사내가 으르렁대듯이 말했다.
다음 순간, 사내의 손이 높이 치켜 올라갔다.
정이선은 자신도 모르게 움찔했다.
다음 순간, 정이선은 정신을 잃고 말았다.
복면 사내는 정이선이 정신을 잃은 것을 확인하고는 복면을 벗었다.
김춘추였다.
그는 바닥에 쓰러져 있는 정이선을 한심스럽게 내려다보았다. 이런 작자 하나 때문에 자신의 시간이 낭비된 것이 너무도 아깝다.
다음 순간, 김춘추의 신형이 호텔 방에서 사라졌다.

제7장

번지는 불길 (1)

북한, 평양.

탁 트인 대동강 변에 위치한 김일성광장은 그 면적이 7만 5천 제곱미터에 달했다.

광장 주석단 바로 뒤에는 전통 건축 양식의 거대한 인민대학습당이 서 있고, 맞은편에는 대동강 너머 주체사상탑이 보였다.

광장은 화강석으로 포장된 넓은 직사각형 모양의 주광장과 보조광장 등으로 구성되어 있으며, 주석단 양옆에는 평양시당과 외무성 청사가 있었고, 광장 바닥을 중심으로 좌·우측에는 내각 종합청사, 국립역사박물관, 국립미술박물관이 자리 잡고 있었다.

북한 최고 인민 위원장이자 수령인 김일정은 광장 주석단 앞에서 광장에 각을 맞춰 행진하는 인민군들을 못마땅한 눈빛으로 바라보고 있었다.

 그러니 그의 뒤에 서 있는 간부들은 좌불안석이 되어 이번 행사에 무엇이 잘못되었는지 고심했다.

 까닥.

 김일정이 손가락을 움직였다.

 그 움직임 하나에 정치부장인 이상근이 재빨리 그의 뒤로 다가갔다.

 "지금 뭐가 잘못됐지!"

 김일정은 대놓고 호통을 쳤다.

 "……."

 이상근은 아무런 말도 하지 못하고 쩔쩔맸다.

 지금 이 상황에서 어떤 말을 해야 할지 몰랐다.

 "쓸모없는 것."

 김일정이 인상을 찡그렸다. 그러고는 정보부장인 황호엽을 호출했다.

 자신이 호명되자 황호엽은 긴장한 상태로 다가갔다.

 김일정의 시선은 여전히 행진하는 인민군들에게 고정되어 있었다.

 하지만 그의 머릿속은 전혀 다른 생각에 몰두하고 있었다.

"기억나나?"

김일정이 뜬금없이 물었다.

"……."

황호엽 역시 아무런 말도 하지 못하고 그의 눈치만 살폈다.

"66년이던가, 남조선에서 아시아게임이니 뭐니 한다고 난리 치던 게?"

"아……."

황호엽은 그제야 김일정의 마음을 알아채고는 고개를 끄덕였다.

"위대하신 수령 동지의 허락을 받지 못한 대회는 결국 무산될 수밖에 없습니다."

"그런가?"

김일정이 황호엽의 대답에 불쾌한 기색을 내비쳤다.

"그, 그게……."

"남조선에서 또다시 한다지?"

김일정이 비꼬듯이 말했다.

"위대하신 수령 동지께서 허락하지 않는 대회는 남조선에서 절대로 열리지 못할 겁니다."

황호엽이 자신만만하게 말했다.

"이번에도?"

김일정이 빙그레 웃으면서 물었다.

"그렇습니다."

황호엽이 간담을 쓸어내리면서 대답했다.

아직까지 계획 단계에 머물러 있지만 이제부터 일을 진행시키면 되니깐.

모든 것은 다 준비되어 있었다.

"두고 보지."

김일정의 얼굴이 다소 풀렸다.

황호엽은 의기양양한 미소를 띠면서 간부들을 스윽 바라보았다.

김일정의 뒤에 도열해 있던 간부들이 황호엽을 바라보는 시선에는 여러 가지가 담겨 있었다.

질투와 부러움, 그리고 자신들이 기회를 놓친 것에 대한 아쉬움 등이었다.

특히 정치부장인 이상근의 표정은 더욱 주목할 만했다.

사실 황호엽과 일을 계획하면서 대립각을 세웠던 것이 그였다.

과거 60-70년대의 상황과 현재 80년대의 상황은 전혀 달랐다.

남조선이 그 당시에는 경제력도 변변찮았기 때문에 자신들이 어떤 일을 저질러도 보복이 전혀 두렵지가 않은 상황이었다.

하지만 지금 남조선의 경제는 눈부시게 빛나고 세계의 주목을 한창 받고 있는 상태였다.

이런 상태에서 아시안게임이 열리는 것을 저지하기 위해서 무모하게 일을 벌이는 것은 당과 나라에 좋지 못했다.

그것이 이상근의 생각이었다.

남조선에 국제적인 대회가 열리는 것은 못마땅하지만 그렇다고 일을 벌이는 것은 무모하다는 결론이었다.

하지만 황호엽이 고집을 부렸다.

당장 올해 열리는 아시안게임을 저지하지 않으면 2년 뒤에 열리는 올림픽은 저지할 시도도 하지 못할 것이라는 게 그의 생각이었다.

어디 그것뿐인가, 지금 국제 정치 사회는 빠르게 변화하고 있었다. 공산주의와 민주주의가 대립각을 세웠던 어제의 흐름은 서서히 변화하고 있었다.

이런 식으로 나가다간 88올림픽 때는 우방국마저 자신들에게 등을 돌릴 수가 있었다.

게다가 한 번 저지한 전례가 있는데 이번에 또 못할 것이 무엇이겠는가.

더구나 수령 동지께서는 남조선에서 아시안게임이 순조롭게 진행되고 있는 사실조차도 못마땅해하고 있다는 정보를 입수하지 않았던가.

물론 수령 동지의 총애를 한 몸에 받는 김일정 무용단의 무용수인 임은혜의 입에서 나왔으니 틀림없는 정보였다.

아무리 정치부장인 이상근의 판단이 옳다고 해도, 황호엽은 일개 애첩의 말이 더 중요하다고 부르짖었다.

이상근으로서는 겨우 애첩의 말에 국제 사회의 지탄을 초래할 일을 벌이는 것은 말이 안 된다고 여겼다.

그가 그럴 수밖에 없는 것이, 간혹 위대하신 수령 동지의 애첩들이 자신들의 사리사욕을 채우기 위해서 침실에서의 대화를 적당하게 각색해서 간부들에게 요구하기도 했기 때문이다.

그러니 그녀의 말에 절대적인 신빙성이 있는 것도 아니었다.

막말로 황호엽이 자신의 주장을 관찰하기 위해서 수령 동지의 애첩을 포섭했을 수도 있었다.

결국 계획만 세워 놓고 두 사람은 대립각을 세우고 으르렁거리고 있었다.

그러나 이 순간, 김일정의 태도 하나에 모든 것은 끝났다.

황호엽의 완벽한 승리.

이상근의 표정이 한순간에 침울해졌다.

"송금하시오."

황호엽이 이상근에게 속삭이듯이 말했다.

이상근은 더 이상 어찌지 못하고 고개만 끄덕였다.

◈ ◈ ◈

팔레인스타인 테러 지도자인 슈타지 아부니딜은 황호엽에게 연락을 받았다.

송금을 했으니 일을 진행시켜 달라는…….

"흐흐흐, 거참 일 한번 뜸을 들이네."

아부니딜은 부하 슐레이만 삼린을 옆에 세워 놓고 말했다.

삼린은 아부니딜의 눈치를 보면서 말했다.

"작년과 올해, 너무 주목을 받으셨습니다."

"주목? 그거 좋은 거 아닌가?"

아부니딜이 거칠 게 없다는 듯이 말했다.

"서방 정보 기구들이 세계에서 가장 위험한 테러 지도자로 지목했습니다."

"영광이지."

아부니딜은 오히려 훈장이라 여기며 자랑스럽게 생각했다.

"이럴 땐 치고 빠지는 전법도 중요합니다. 벌써 주요 공항 공격에 미국 여객기 납치로 인해서 그들이 움직이고 있다는 정보입니다."

"움직이라지."

아부니딜은 삼린의 말을 건성으로 들었다.

애초에 서방들의 복수가 무서웠다면 시도도 하지 않았다. 그에게는 두려움이 없었다.

삼린은 아부니딜의 표정을 살피고는 더는 입을 다물었다.

괜히 더 나서서 말해 봐야 자신만 모든 주요 임무에서 배척당할 뿐이었으니깐.

그 정도의 눈치는 삼린에게도 있었다.

"그래도 내 걱정하는 놈은 너뿐이군."

아부니딜이 삼린을 바라보면서 말했다.

부하들 중 가장 총애하는 부하이기도 했다.

자신에게 서슴없이 직언을 하기도 해서 불편한 구석도 있지만, 이런 부하를 데리고 있어야 자신의 명줄이 오래간다는 것쯤은 그도 알고 있었다.

"네가 해."

아부니딜이 말했다.

"그들의 의뢰 말씀이십니까?"

"그래. 5백만 달러야. 화끈하게 벌여 줘."

아부니딜이 흡족한 어조로 말했다.

삼린은 자신도 모르게 한숨이 나왔다.

하지만 이내 그는 정색을 하고 고개를 숙였다.

"언제쯤 진행시킬까요?"

"빨리해야지. 걔들의 의도야 뻔하잖아, 그 아시안게임인지 뭔지 저지하고 싶어 안달이 났으니. 그 전에 해야지."

아부니딜이 그것도 모르냐는 식으로 면박을 주었.

사실 삼린이 모르는 바는 아니었다.

그는 어쩔 수 없이 고개를 끄덕이고는 아부니딜의 집무실에서 빠져나왔다.

삼린은 곧 폭탄 제조로 손꼽히는 기술자인 아부이브라함을 찾았다.
"만들어야 할 게 있어."
"뭐든 어려울 게 없습니다."
아부이브라함이 자신만만한 태도로 말했다.
"그리고 한 가지 더."
삼린이 아부이브라함의 얼굴을 뚫어지게 쳐다보았다.
아부이브라함은 삼린의 표정이 심상치 않음을 깨달았다.
아무래도 폭탄만 제조하는 것으로 끝날 일이 아닌 듯했다.
삼린이 입을 열었다.
"크레페였던가?"
"……"
아부이브라함은 자신의 애인인 크레페를 떠올렸다.
그리고 왜 삼린이 크레페의 이름을 호명했는지 폭탄 제조와 더불어 그 의미를 즉시 이해했다.
"크레페는 자살특공대원이 아닙니다."
"우리가 언제 특공대원인지 아닌지를 따졌나?"
삼린이 잔인한 미소를 지었다.

꿀꺽.

아부이브라함은 자신도 모르게 긴장을 했다.

크레페.

얼마나 사랑스러운 여자던가.

이제 갓 20세의 그녀는 너무도 달콤하고 아름다웠다. 게다가 그녀의 밤은 얼마나 화끈한가.

그런 크페페를 임무에 넣기는 정말이지 끔찍하게 싫었다. 그녀 없는 밤은 상상할 수도 없었다.

하지만 자신이 삼린의 명령을 거역한다면 자신과 크레페에게 어떤 일이 벌어지는지 너무도 잘 아는 바였다.

"알겠습니다."

아부이브라함이 고개를 숙였다.

그제야 삼린이 그의 등을 두드리면서 말했다.

"충심은 여전하군."

삼린은 만족스런 빛을 띠면서 크레페를 호출하라고 명령을 내렸다.

크레페는 대한민국으로 향하는 비행기에 탑승했다.

그녀의 얼굴은 몹시 어두웠다.

자신의 손에 들린 여권을 다시 한 번 펼쳐 보았다.

크리스탈 우드, 영국인.

루마니아 정보기관에서 만들어 준 위조 영국 여권이었다.

여권 사진에는 환하게 웃는 그녀의 모습이 박혀 있었다.

할 수만 있다면 이 잔을 피하고 싶다.

그것이 크레페의 본심이었다.

하지만 자신이 그랬다가는 애인인 아부이브라함은 물론이고 그녀의 가족 전부가 총살을 당할 것이 뻔했다.

사실 아부이브라함 따위는 신경 쓰지도 않았다.

자신보다 서른이나 나이 많은 작자에게 밤마다 그 짓을 즐기는 것처럼 연극하는 것은 쉬운 일이 아니었다.

하지만 조직 내 서열이 높은 그에게 잘 보임으로써 자신의 가족에게 안락함이 제공되었다.

특히 어린 남동생들을 생각해서라도 몸을 팔아 가족을 부양할 수 있음을 다행으로 여겨야 했다.

하지만 이것은 아니다. 이렇게 허무하게 죽는다는 것이…….

죽음.

물론 경전에서는 가르친다. 죽음 뒤에 있는 화려한 삶, 축복, 영생 등등.

하지만 이 순간이 무섭고 겁나는데…….

크레페는 눈을 질끈 감았다.

그리고 얼마나 시간이 흘렀는지…….

몇날 며칠을 가족과 함께 붙잡고 울며 보내서 그랬는지 그녀는 도통 잠을 자지 못했다.

그 덕에 그녀는 자신도 모르게 잠이 들었다.

아주 깊은 잠.

달콤한 잠.

그리고 그녀의 마지막 잠.

꿈을 꾸었다.

한 사내가 서 있었다.

아주 준수하고 잘생긴…

동양인이었다.

동양인은 키가 작고 초라할 것이라는 선입견과는 달리 그는 정말이지 멋졌다.

그가 자신에게 손을 내밀었다.

크레페는 그의 손을 잡았다.

그리고 그와 함께 에덴의 동산과 같은 곳으로 갔다.

그가 흰 꽃을 꺾어 그녀의 머리에 꽂아 주었다.

그리고 그녀의 귀에 속삭였다.

"넌 아름다워. 더 살 만한 가치가 있어."

크레페는 그의 말에 가슴이 벅차올랐다.

더 살 만한 가치.

그 말이 그녀의 가슴을 후벼 팠다.

꿈속인데도 그녀는 알고 있었다.

이 꿈이 끝나면 자신은 여타 자살특공대원들과 마찬가지로 그 길을 따라가야 한다는 것을.

인지하고 있는 그런 신기하고 이상한 꿈이었다.

그녀의 눈에서 눈물이 주르륵 흘렀다.

번쩍.

크레페는 목덜미에서 느껴지는 축축한 느낌에 눈을 떴다.

자신의 눈물이었다.

'꿈이었구나.'

그녀는 꿈에서 깨어난 것이 너무도 안타까웠다.

꼬르륵.

배고프다는 신호가 울렸다.

순간 그녀는 주변을 두리번거렸다.

다행히 그녀의 좌석이 퍼스트 클래스여서 그런지 사람들은 그리 많지 않았다.

게다가 그녀를 눈여겨보는 사람들도 없었고, 다들 깊은 잠에 빠져 있거나 영화 등을 보고 있었다.

크레페는 승무원이 앉아 있는 쪽을 향해서 손을 올리다가 그만 도로 내렸다.

자신의 영국식 악센트가 완벽하지 않다는 것을 떠올렸기 때문이다.

물론 여권 심사에서 흔히 하는 질문의 답은 완벽하게 영국식으로 악센트를 사용할 수가 있다.

그리고 모든 영국인이라고 완벽한 영국식으로 영어를 말해야 한다는 법은 없었다.

하지만 일은 작은 실수 하나로 무너져 내릴 수가 있다.

그런 만큼 거듭 조심해야 했다.

크레페는 이내 시무룩한 표정을 지었다.

마지막 간식조차 즐길 수가 없다는 생각이 들었기 때문이다.

그때였다.

"저기… 부탁이 있습니다."

그녀의 좌석 건너편에 앉아 있던 젊은 사내가 손을 들어 승무원의 시선을 끌었다.

크페레의 표정이 순간 밝아졌다.

승무원이 곧 다가오겠지.

그녀에게 샌드위치를 부탁해야겠다는 생각에 벌써 가슴이 설레었다.

크레페는 짐짓 아무렇지 않은 척하며 젊은 사내 쪽을 힐끔 쳐다보았다.

그 순간 그녀는 입이 딱 벌어졌다.

오, 마이 갓!

꿈속에서 본 그 사내다.

동양인.

흰 꽃을 자신의 머리에 꽂아 준 이.

더 살라고 말해 준 이.

크레페는 자신도 모르게 건너편 좌석의 젊은 사내를 뚫어지게 쳐다보았다.

그녀의 시선을 받은 젊은 사내, 김춘추는 순간 당황했다.

생명 부지의 여자가 자신을 바라보는 눈빛이 너무도 간절했기 때문이다.

'내가 이 여자를 만난 적이 있던가?'

김춘추는 건너편 좌석에 앉아 있는 미모의 아랍계 여성을 바라보면서 속으로 생각했다.

'크크크.'

김한기가 속으로 웃었다.

'뭐한 거지?'

김춘추가 그 모습을 놓치지 않고 보았다.

'뭐긴.'

김한기는 어깨를 으쓱거렸다.

김춘추는 그런 그를 보고 가볍게 한숨을 쉬었다.

여전히 자신을 뚫어지게 보는 아랍계 미녀에게 다시 한 번 시선을 돌렸다.

"김춘추라고 합니다."

그는 예의 바르게 유창한 아랍어로 자신의 이름을 아랍계 미녀에게 말했다.

"크레페라고 합니다… 아……."

갑작스런 상대방의 통성명에 크레페는 자신도 모르게 아랍어로 자신의 이름을 말했다.

하지만 이내 자신이 임무 중임을 깨달았다.

더구나 지금 자신은 크리스탈 우드, 영국인 아닌가.

물론 아랍계 영국인이니 아랍어는 할 수가 있다.

하지만 이런 사소한 실수 하나가 작전의 성패를 가늠한다는 것을 잘 아는 그녀로서는 당황할 수밖에 없었다.

크레페는 자신의 실수를 깨닫고는 얼굴이 창백하게 변했다.

"어디 불편하십니까?"

김춘추는 그녀의 안색이 급격하게 바뀌는 것을 보고 걱정스러운 눈초리로 쳐다보면서 물었다.

휘익.

크레페는 김춘추에게 향한 시선을 거두고 고개를 돌려버렸다.

"……."

김춘추는 갑작스런 아랍계 미녀의 반응에 어리둥절했다.

조금 전까지는 자신을 뚫어지게, 엄밀히 말하면 자신이 무안해할 정도로 바라보던 여자의 변덕에 고개를 저었다.

순간 어색한 기운이 흘렀다.

다행히도 이 상황은 금방 깨졌다.

스튜어디스가 그들의 앞으로 다가왔기 때문이다.

"무엇을 도와 드릴까요?"

스튜어디스는 상냥한 어조로 물어 왔다.

김춘추로서는 스튜어디스의 등장이 여간 반가운 것이 아니었다.

크레페 역시 마찬가지였다.

하지만 방금 전 김춘추와 어색한 상황을 만들어 놓고 샌드위치를 달라고 하기에는 자존심이 상했다.

꼬르륵.

그녀의 배에서는 빨리 맛있는 샌드위치를 달라고 조르고 있었다.

크레페의 얼굴이 순간 빨개졌다.

분명 건너편 좌석의 젊은 사내도 이 소리를 들었을 게다.

하지만 상대는 내색하지 않았다.

"샌드위치 좀 갖다 드릴까요?"

스튜어디스가 재빠르게 물어 왔다.

그녀도 들었나 보다.

크레페는 자신도 모르게 고개를 가로저었다.

그때, 김춘추가 스튜어디스에게 먼저 주문을 했다.

"샌드위치 셋 주십시오. 하나는 이분에게."

"알겠습니다. 조금만 기다려 주십시오."

스튜어디스가 빙그레 웃으면서 그 자리를 떴다.

"……"

크레페는 내심 고마웠다.

하지만 방금 전의 상황 때문인지, 여자의 자존심 때문인지 말이 입 밖에 나오지 않았다.

"이래 봬도 이곳에서 제공하는 샌드위치 맛이 기막힙니다. 안 먹고 내리면 서운하죠."

김춘추가 먼저 넉살 좋게 크레페에게 말했다.

그러고는 엄지손가락을 치켜들고는 환하게 웃었다.

크레페는 그의 주변으로 황금빛 빛살이 흩뿌려져 있는 것만 같았다.

멋있다.

꿈속의 왕자님 그대로…

그 표정 그대로였다.

"가, 감사합니다."

크레페는 간신히 영어로 인사를 건네고는 고개를 숙였다.

마음 같아서는 이 기회에 더 상대에 대해 알고 싶지만…

지금 자신의 처지가 어떤지.

그리고 이런 상황 때문에 작전에 어떤 누를 끼치게 된다면 절대 있을 수 없는 일이 벌어진다는 것을 잘 알고 있었기 때문이다.

김춘추는 아랍계 미녀가 상당히 자신과 말하는 것을 거북해하는 것을 눈치채고는 더는 말을 걸지 않았다.

대신 김한기 쪽으로 시선을 돌렸다.

-아까 무슨 짓을 했지?

-크흠, 그냥 선심 한번 쓴 거지.

김한기가 못 이기는 척하면서 김춘추의 텔레파시에 대답했다.

-선심?

-너한테 말고 저년한테.

김한기가 곁눈질로 아랍계 미녀를 힐끔 쳐다보았다.

-너답지 않게 웬 선심?

-저년이 죽을 모양이야.

김한기가 뿌듯한 표정을 지으면서 말했다.

-죽을 모양?

-뭐, 자살할 생각인 거 같은데.

-인간의 일에는 돈 되지 않는 이상 참견하지 않던 양반이 웬일이지?

김춘추가 여전히 의문이 가시지 않는 눈초리로 물었다.

도대체 어떤 선심을 썼기에 아랍계의 미녀가 자신을 뚫어지게 본단 말인가.

뭔가 찝찝했다.

-너만 능력 있는 줄 알아? 나도 특별한 능력이 많다고.

김한기가 묘한 표정을 지으면서 대답했다.

-설명해.

김춘추가 딱 잘라 말했다.

-네놈도 무료하긴 무료한가 보다, 별거 아닌 일에 꼬치꼬치 캐묻고.

 김한기는 평소답지 않게 집요하게 물어보는 김춘추에게 혀를 내둘렀다.

 반대로 김춘추 역시 김한기의 선심이 의아하기는 마찬가지였다.

 그리고 그가 알지 못하는 또 다른 김한기의 능력에 호기심이 동했다.

 -그러니깐 말이지…….

 김한기는 일부러 뜸을 들였다.

 하지만 김춘추는 잘 참았다.

 결국 그는 김한기의 특별한 능력이 어떤 것인지 알아낼 수가 있었다.

 김한기의 능력, 그 역시 시바 여왕처럼 인간의 꿈에 들어갈 수 있었다.

 물론 인간계에 떨어진 이후 그 능력을 써먹어 본 적은 없지만.

 건너편 좌석의 미녀, 크레페가 죽을 생각을 하고 있다는 것을 김한기 속에 든 티페 우리우스 엘 칸의 능력으로 알아내는 것은 어렵지 않았다.

 오지랖 넓은 김한기의 무료한 비행시간…….

 마침 아랍계 미녀가 그 자신도 모르게 잠에 빠진 것을 보고는 시험 삼아 써먹어 볼 요량으로 자신의 능력을 시도해 봤다.

물론 그 자신이 들어간 것이 아니라, 적당히 꿈속의 상황을 로맨스로 지정하고, 등장하는 애인은 김춘추로 이미지화했다.

물론 상세하게 꿈을 지정할 수는 없다.

그가 천계에 있을 때에도 마찬가지였다.

인간이란 오묘하고 신비스런, 비밀스런 창조물이었다.

그 자신들이 갖고 있는 아카식 레코드가 있었다.

우주의 온갖 정보망과 개인의 무의식과, 의식이 절묘하게 합쳐져서 꿈의 디테일을 결정한다.

그 디테일은 김한기도 모른다.

단지 아랍계 미녀가 달콤한 꿈을, 그리고 그녀가 원하는 꿈을 꾸고 있다는 것만 알 뿐이다.

잠에서 깨어 김춘추를 바라보는 눈빛만으로도 김한기는 자신의 능력이 녹슬지 않았음을 확인했다.

분명 어떤 디테일한 상황인지 몰라도 김춘추라는 이미지와 상당히 로맨틱한 꿈을 꿨으리라.

그러니 더 민망할 수밖에.

여기까지 설명을 마친 김한기는 어깨를 쭈욱 폈다.

마치 자신이 한 일에 대해 큰 상이라도 받아야 한다는 것처럼 말이다.

김춘추는 그런 김한기의 태도에 어이가 없었다.

-그러니깐 저 여자는 나랑 그렇고 그런 꿈을 꿔서 저런 반응을 보였다 이거군. 그리고 넌 그것을 즐기고 있고.

-그냥 잘생긴 네 외모를 탓해라. 내 이미지로 저년과 꿈속에서 붙어먹을까?

김한기가 뻔뻔하게 말했다.

김춘추는 그런 그를 못 말린다는 듯이 고개를 저었다.

그러고는 이 일을 더는 꺼내지 않으려고 했다.

여자도 민망한 일이고.

꿈을 조종당했다는 사실을 어느 누가 믿을까.

게다가 여자가 죽을 생각이라니.

그냥 김한기의 말대로 무료해진 그가 그 여자에게 마지막 달콤한 꿈을 선사했다는 것으로 마무리 지었다.

상대가 왜 죽으려고 하는지의 여부는 김춘추도 알 바가 아니었다.

김춘추는 이내 스튜어디스가 갖다 준 샌드위치를 먹는 일에 몰두했다.

그뿐만 아니라 김한기도, 아랍계 미녀 역시 마찬가지였다.

처음 좌석에 앉았을 때처럼, 서로가 서로를 모르는 사이처럼 말이다.

'흠…….'

김춘추는 나지막하게 신음 소리를 냈다.

지금 그는 입국 심사를 받기 위해서 줄을 서고 있었다.

그의 한참 앞에는 크레페가 서 있었다.

퍼스트 클래스 좌석의 승객들은 이코노미석 승객들보다 먼저 비행기에서 내린다.

그런 만큼 입국 심사도 먼저 줄을 설 수가 있었다.

하지만 김춘추는 일부러 느릿한 걸음으로 퍼스트 클래스 좌석의 승객들 중 가장 뒤에 섰다.

그 이유는 크레페가 몹시 자신을 불편해하는 것을 눈치 챘기 때문이다.

하지만 그의 청각과 시력은 모른 척해도 모른 척할 수 없는 일이 생겨났다.

크레페가 입국 심사관에게 자신의 이름을 크리스탈 우드라고 대답하는 부분 때문이다.

그리고 비행기 안에서와는 달리 매우 적극적이고 발랄한 모습을 보여 주고 있었다.

영국의 티 하나 없이 밝게 자란 아가씨 같은 모습이었다.

모든 게 언밸런스하다.

곧 죽을 것 같은 여자가, 왜?

말이 되지 않는다.

이런 상황이 그를 꺼림칙하게 만들었다.

도저히 모른 척할 수가 없었다.

왜?

그때 김춘추의 머리에서 한 줄기 생각이 떠올랐다.

'설마.'

김춘추는 크레페를 유심히 지켜보기로 했다. 입국 심사대를 통과한 크레페는 김포공항 청사 내에서 주변을 두리번거렸다. 누군가가 마중 나오기로 한 모양이었다.

김춘추는 섣불리 판단하지 않고 그녀를 지켜보기로 했다.

김한기가 어서 가자고 재촉을 했지만, 이내 김춘추의 표정에 더는 토를 달지 않고 가만히 있었다.

공항 안으로 아랍계 남성이 들어와 크레페에게 다가갔다. 두 사람 다 똑같은 항공 가방을 들고 있었다.

절대 우연이 아니었다.

김춘추는 크레페와 아랍계 남성이 가방을 스치듯이 서로 바꾸는 것을 목격했다.

김춘추는 대기석에 앉아 있는 김한기를 힐끔 쳐다봤다.

마나를 이런 데 사용하고 싶지 않았지만 김한기에게 봐 달라고 하면 그가 요란을 떨어 댈 것이 틀림없었다.

김춘추는 막 사우디아라비아와 두바이에서 긁어모아 온 마나를 쓰기로 마음먹었다. 투시 마법을 이용하여 크레페의 항공 가방 안에 무엇이 있는지 확인했다.

'역시.'

김춘추는 가벼운 신음 소리를 냈다. 항공 가방 안에는 폭탄이 잔뜩 설치된 조끼가 들어 있었다.

자살 테러.

일주일 후에 있을 아시안게임을 노리는 테러였다.

김춘추는 황급히 크레페의 뒤를 쫓아갔다.

그리고 막 그녀의 손을 잡으려는 순간, 크레페가 화장실 안으로 쏘옥 들어갔다.

여자 화장실.

물론 김춘추가 자신을 제지하려고 따라온다는 사실조차 크레페는 알지 못했다. 조직의 계획대로 움직였을 뿐.

김춘추로서는 난감했다.

여자 화장실에 무턱대로 들어갈 수는 없지 않은가.

일단 화장실 앞에서 그녀가 나오기를 기다리는 수밖에.

'설마 화장실 안에서 테러를 일으키지는 않겠지.'

김춘추는 청사 주변을 살폈다.

그들이 있는 곳은 국제선 청사.

일주일 뒤에 있을 아시안게임 때문에 평소와는 다르게 외국인들로 붐볐다.

김춘추는 그중 일본 사격 선수단이 눈에 들어왔다.

일본 선수들과 코치진들이 김춘추가 타고 온 비행기와 거의 같은 시간대에 착륙한 비행기를 타고 온 까닭에 그들도 입국 심사와 가방을 찾는 등 부산을 떨고 있었다.

그는 직감적으로 크레페가 노리는 상대가 이들임을 알아챘다. 물론 그것만이 전부는 아닐 게다.

만약 자살 테러가 시도된다면, 일본 선수단은 엄청난 인명 살상을 당할 것이고 한국에서 열리는 아시안게임은 수습 불가능한 상태에 빠질 수도 있었다.

당장 일주일밖에 남지 않았으니 어찌어찌해서 대회가 열린다고 해도…….

그 이후 일본의 항의와 IOC올림픽 위원회에서 다시 한번 88서울 올림픽 개최에 대한 재고에 들어갈 것이 뻔했다.

'화장실에서 나오긴 하겠군.'

김춘추의 얼굴은 낯빛조차 바뀌지 않았다. 모든 게 정황일 뿐이었다.

하지만 그의 머릿속은 재빠르게 회전되고 있었다.

만약 일본 선수단을 노리는 테러라면… 틀림없이 팔레스타인 테러 조직이다. 얼마 전 파키스탄 공항에서 미국 여객기를 납치한 전례가 있는 조직을 떠올렸다.

아시안게임 참가국 중 가장 친미 정책을 펴고 있는 나라는 일본이었다. 그리고 미국의 가장 강력한 보호를 받고 있는 나라 역시 일본이었다. 그러니 이 테러의 효과는, 단순히 테러 조직뿐 아니라 북한에게도 돌아간다.

'둘이 합작이겠지.'

김춘추는 안 봐도 뻔하다는 표정을 지었다. 진짜 자신의 추측대로 팔레스타인 조직이라면 북한이 그 배후에 있는 것이 너무도 당연했다.

김춘추는 여자 화장실 앞에서 팔짱을 낀 채로 서 있었다.

그 바람에 화장실에서 나오는 여자들의 관심을 한 몸에 받았다.

아무리 둔하다고 해도 이렇게까지 노골적으로 여자들의 시선을 받는데 그것을 모를 리가 없었다.

김춘추는 뻘쭘한 표정을 지었다. 남들이 보면 영락없이 화장실에 간 애인을 기다리는 사내로 보였기 때문이다.

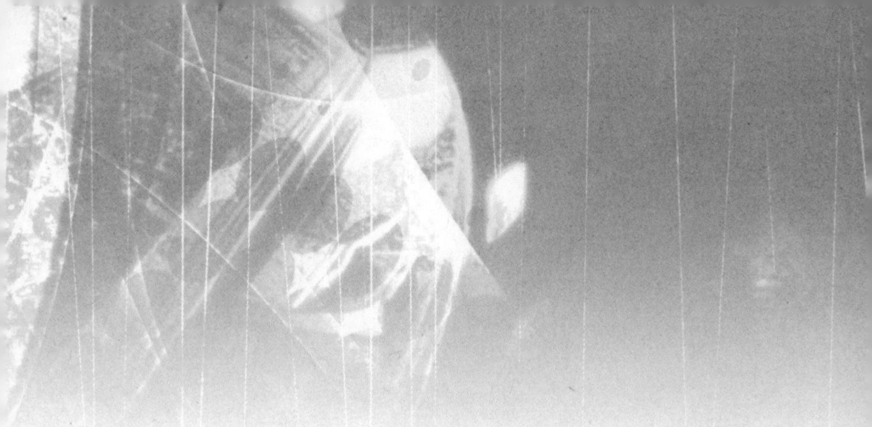

제8장

번지는 불길 (2)

크레페는 떨리는 손길로 폭탄 조끼를 입었다. 고성능 사제 시한폭탄이었다. 그리고 조끼에 연결된, 폭탄이 터지지 않도록 전원 버튼이 달린 줄을 조심스레 확인했다.

'이것만 누르면 끝이네.'

그녀의 눈동자가 심하게 흔들렸다.

폭탄 조끼를 걸친 그녀는 그 위로 바바리코트를 가볍게 걸쳤다. 그리고 전원 버튼이 달린 줄을 조심스레 조끼 호주머니 안으로 넣었다.

그 누구도 그녀의 바바리코트 안에 폭탄이 설치되어 있으리라고는 생각지도 못할 것이다.

그녀는 자신의 오른쪽 손을 코트 안쪽, 조끼에 달린 주머니에 넣었다. 그리고 전원 버튼이 달린 줄을 조심스레 잡았다. 만일 무슨 일이 생기면 그대로 버튼을 누를 작정이었다.

그럴 리는 없겠지만.

변수가 생긴다고 해도 폭탄은 반드시 터져야 했다. 그것이 그녀의 가족 남은 삶을 안락하게 보장해 주기 때문이다.

'괜찮아, 크레페.'

크레페는 스스로 자신을 다독였다.

이제 일본 선수단원들이 가장 많이 몰려 있는 곳을 향해 걸어 들어가면 그만이었다.

모든 게 지금까지 순조로웠다.

그녀의 비행기 편도…

일본 선수단들을 태운 비행기 편도…

모두가 예상대로 제시간에 김포공항에 도착했다.

오히려 그렇기에 그녀는 더 끌 시간조차 없었다.

죽느냐 사느냐 고민할 여력 따위는 없었다.

물론 애초에 자살특공대로 뽑혀 세뇌를 받은 것이 아니기에 다른 자들보다 고민이 많고 두려움이 더 큰 것은 사실이었다.

사람들이 많은 중심부에 가서 '알라후 아크바르'(알라는 더위대하다)를 크게 외칠 용기가 나지 않았다.

하지만 어린 남동생들과 부모님을 생각하면…….

크레페는 입안이 바짝 탔다.

가족들을 생각하니 이미 자신의 목숨은 팔레스타인을 떠날 때 끝났다.

비행기에서 꾼 달콤한 꿈과 우연히 만난 젊은 동양 남성의 매력에 그만 잠시 본분을 망각했다.

'안녕, 동생들아.'

크레페의 눈빛이 결의에 차올랐다.

그녀는 화장실에서 나왔다.

크레페는 제일 먼저 일본 선수단이 있는 곳을 눈으로 좇았다.

그러나 보여야 할 일본 선수단원들이 전혀 보이지 않았다.

'어떻게 된 거지?'

자신이 화장실에 있었던 시간은 10분 남짓.

그사이 그 많은 선수들이 전부 가방까지 찾아서 다 나왔을 리가 없었다.

일순 크레페는 당황했다.

하지만 변수가 있다고 해서 명령은 바뀌지 않는다.

이왕이면 일본 선수단원들이 도착하는 날 함께 테러를 일으키면 좋다는 거지, 테러 자체가 취소되는 것은 아니기 때문이다.

정확한 이유를 알 수는 없지만 위에서 지시한 명령은 단호했다.

저벅저벅.

크레페는 최대한 주변을 두리번거리며 겁먹은 눈초리로 가장 사람들이 많이 몰려 있는 곳을 찾았다.

"누구 찾아요?"

그때 그녀의 등 뒤에서 비행기 안에서 만났던 젊은 동양인의 목소리가 들려왔다.

순간 그녀는 그 목소리가 너무도 반가웠다.

얼마나 반갑던지.

겨우 같은 비행기 공간에 몇 시간 남짓 있었을 뿐인데…

서로 말을 건 것은 고작 한 두 마디 정도인데…

크레페는 떨리는 눈길로 뒤를 돌아보았다.

김춘추가 그 자리에 웃으면서 서 있었다.

"아……."

"크레페? 아니면 크리스탈 우드? 어떤 이름으로 불러 드릴까요?"

"……."

"왜 그런지 이유는 모르지만……."

김춘추는 모든 것을 다 안다는 눈길로 스윽 다가와 그녀의 귓가에 대고 속삭였다.

"당신에게 폭탄을 넘긴 자는 이미 청사를 떠났습니다."

"어, 어떻게 당신이?"

크레페는 깜짝 놀랐다.

"감시를 받는 게 아니라면 그만 중지하시죠."

김춘추가 단호하게 말했다.

"그럴 수 없어요."

크레페는 거세게 머리를 저었다.

김춘추는 호주머니에 들어가 있는 오른쪽 팔을 거세게 잡았다.

하지만 본능적으로 그녀의 팔을 완전히 낚아채지는 않았다. 그녀의 모습만 봐도 어떤 상황인지 대충 알 수가 있기 때문이다.

화장실 안에서 나왔을 때, 그녀의 오른쪽 손이 코트 안쪽 호주머니에 들어가 있었다.

그런 이상하고 어정쩡한 자세로 그녀는 타깃이 될 일본 선수단을 찾아 두리번거렸다.

그 이유는 딱 한 가지였다.

오른쪽 손은 폭탄을 터트리게 할 버튼을 잡고 있다는 의미였다.

자칫 그녀를 잘못 잡아채면 일만 더 커진다.

김춘추 그 자신도 말이다.

아무리 초인에 가까운 신체 능력을 가지고 3서클 마법을 시현할 수 있다고 해도 폭탄 앞에서는 현재 대책이 없었다.

"이 팔 놓으세요."

크레페가 떨리는 음성으로 말했다.

"손 떼시죠."

"부탁하는 게 아니에요."

"저도 부탁하는 게 아닙니다."

김춘추가 크레페를 부드러운 눈길로 바라보면서 말했다.

"……."

크레페는 그런 김춘추의 눈길에 마음이 다시 설레었다.

죽는 이 순간에 가장 보고 싶던 얼굴을 다시 보는 반가움과 설렘.

'그냥 이자와 함께 죽을까?'

크레페는 비행기 안에서 꿨던 꿈을 떠올렸다.

에덴동산에 함께 이 사내와 갔다.

그게 의미하는 바가 무엇이겠는가.

그녀는 아랫입술을 꽉 깨물었다.

'당신, 오늘 나를 만난 게 목숨을 재촉하는 게 되는군요.'

크레페는 속으로 생각했다.

그리고 말없이 김춘추를 바라보았다.

이대로 전원 버튼을 누를까 말까 고민이 일었다.

주변은 이들 말고는 별로 사람들이 없었다.

조금 떨어진 대기석에 중년 남자가 앉아 있을 뿐.

심지어 그 남자도 익숙한 얼굴이었다. 이 젊은 남자와 동행이니깐.

"같이 죽고 싶나요? 그러기엔 너무 인원수가 적죠?"

김춘추가 마치 그녀의 속마음을 꿰뚫어 보는 것처럼 말했다.

크레페의 눈동자가 더욱 커져 갔다.

"날 저기로 가게 해 줘요. 그러면 당신은 살 텐데."

"글쎄요. 전 죽음 자체에 그다지 두려움은 없습니다. 그렇다고 타인의 목숨이 귀중하다 어쩌다 하는 정의로운 논리도 없고요."

"그런데 왜 날 저지하려고 하나요?"

크레페는 의문이 일었다.

이미 일본 선수단은 놓쳤다.

언제든 폭탄은 터질 수가 있었다.

그러니 비행기 안에서 만난 젊은 동양인이 왜 자신에게 관심을 갖는지, 아니 어떻게 자신이 자살 폭탄 조끼를 입고 있는 것을 아는지.

진심으로 궁금했다.

자신들의 정보가 사전에 새어 나갔다면 폭탄이 든 가방을 받기도 전에 그녀를 체포했을 것이다.

그런 면에서 상대방이 자신에 대해서 잘 아는 것 같지도 않았다.

"왜 당신을 저지하는지 저도 모르죠. 사실 저는 당신 목숨 따위는 관심이 없습니다."

"그렇군요."

크레페는 실망 어린 투로 대답했다.

하긴 타인에게서 무엇을 기대했단 말인가.

"하지만 제 관심과는 다르게 제 본능은 당신을 쫓고 있더군요."

김춘추가 씨익 웃으면서 말했다.

순간 크레페의 가슴은 뛰기 시작했다.

너무도 설렜다.

이렇게 달콤한 말이 세상에 또 있을까.

"어쩔 수 없이 본능대로 당신을 지켜봤습니다. 그랬더니 보이더군요, 당신이 본명을 숨기는 거 하며… 가방을 바꿔치기 하는 거 하며……."

"단지 그것만 보고 제가 무엇을 하려는지 아신 거예요?"

"당신이 어기적거리는 태도로 화장실에서 나왔을 때 확신을 가졌습니다."

김춘추는 자신의 말에 힘을 주었다.

사실 그녀가 화장실 안에 들어갔을 때부터 이미 알고 있기는 했다. 투시 마법을 사용하여 가방 안에 들어 있는 것이 폭탄임을 확인했기 때문이다.

다만 그녀를 잡아채려는 찰나, 이미 화장실 안으로 들어가 버린 것이 그로서는 가장 뼈아픈 일이었다.

그 순간을 저지했어야 했다.

그러지 않았더라면 지금 그녀가 폭탄 조끼를 입고 나타

나지 않았을 테니.

그녀를 저지하기 더욱 어려운 상황에 지금 내몰려 있지 않던가.

크레페는 눈을 들어 김춘추를 바라보았다.

그리고 왼손으로 김춘추의 볼을 쓰다듬었다.

"다정한 사람."

김춘추는 크레페의 눈동자가 이미 결의에 차 있는 것을 보고 불안감이 몰려왔다.

이대로 슬리피 마법을 사용해도 소용이 없다.

어떤 마법을 사용한다고 해도 이미 죽음을 각오한 자가 본능적으로 누르는 버튼을 막아 내지는 못한다.

이대로 시간을 멈추는 마법을 시현할 수 있다면 모를까.

그러기엔 그것은 너무도 고급 마법이었다.

그녀의 오른손에 이미 버튼이 들려 있는 까닭이었다.

어떤 상황이든지 그녀는 오른손에 힘을 주고 끝낼 것이다.

"키스해 주세요."

크레페는 간절한 어조로 말했다.

김춘추는 그녀의 얼굴을 내려다보았다.

정말이지 아름다운, 슬프고도 아름다운 여자다.

지금 이 상황에서 할 수 있는 마법이 있었다.

그녀가 인지하지 못하도록…

주변이 인지할 수 없도록…
투명막을 펼쳐 내는 것이다.
그리고 그와 동시에 펼치는 마법 하나.
시간이 필요했다.
김춘추의 두 손이 크레페의 양 볼을 감싸 쥐었다.
그리고 그녀의 이마에 가볍게 자신의 입술을 갖다 대었다.
김춘추의 입술은 크레페의 이마에서 시작하여 콧등, 그리고 이내 입술 위에 포개어졌다.
크레페는 너무도 황홀했다.
이 남자는 자신을 무척이나 소중히 여긴다.
자신이 고귀한 무엇이라도 되는 것처럼.
서서히… 서서히…
다른 남자라면 그녀의 입술 안쪽, 그리고 음흉하게 그녀의 몸을 얻기 위해서 손을 움직여 댈 텐데… 이 남자는 확실히 다르다.
그리고 무엇보다 따뜻하다.
이렇게 따사로운 빛이 있던가.
크레페는 눈을 감았다.
물론 그녀의 오른쪽 손은 여전히 버튼을 쥐고 있었다.
언제 이 버튼을 눌러야 할지.
그녀의 머릿속이 새하얘지고 있었다.

'쟤 왜 저래?'

김한기는 먼발치에서 김춘추의 기이한 행동에 어이없는 웃음을 지었다.

물론 그도 크레페가 무슨 일을 저지르려고 하는지는 알고 있었다.

조금 전 상황을 떠올려 보았다.

비행기에서 만난 여자를 뒤쫓더니 무슨 생각에서인지 이 근처에 있던 사람들을 전부 일정 거리 이상으로 쫓아내 버렸다.

물론 김춘추가 소리를 지르면서 사람들을 쫓아낸 것은 아니다.

공항 경비대에 연락해서 폭탄이 있다고 알렸다.

그리고 만일의 상황에 대비해서 화장실 주변에 사람들이 다가오지 못하도록 은밀히 움직였다.

크레페가 눈치채지 못하도록.

그녀가 행여나 눈치채고 그대로 폭탄 전원 버튼을 누를 수도 있기 때문이다.

그러고 나서 김춘추는 자신이 그녀를 설득해 보겠다면서 공항 경비대장에게 말했다.

김포공항에 테러가 일어났다는 소식은 아시안게임을 일주일 앞두고 좋지 못하다.

어찌 됐건, 지금 크레페는 눈치채지 못했지만 이들이 있는 중심부에서 20여 미터에서 공항 경비대원들이 숨죽여 지켜보고 있었다.

아직 대테러 진압반은 도착하지 못했다.

하지만 곧 도착하겠지.

그들이 할 수 있는 일은 뻔했다.

저격.

저 여자의 심장부를 쏘는 일이겠지.

하지만 김한기는 그것이 부질없다는 것을 알고 있었다.

사람의 본능이 얼마나 무서운지, 이미 목숨을 내려놓은 사람이 얼마나 무서운지 잘 알기 때문이다.

'그렇다고 해서 갑자기 키스 신이라니.'

김한기는 김춘추가 무슨 생각을 하고 있는지 진심으로 궁금했다.

그가 어떤 대처를 할지, 그의 생각을 읽으려고 애를 썼다.

김춘추와 크레페의 키스는 점점 격렬해져 갔다.

격렬해지는 키스만큼 그의 마법도 점점 속도가 붙었다.

그들의 주변은 투명 방어막으로 만약 폭탄이 터져도 주변은 문제없었다.

자신들과 겨우 2-3미터 떨어진 거리에 앉아 있는 김한기에게도 아무런 영향을 미칠 수 없을 것이다.

그리고 또 하나.

마법으로 만든 투명 손, 그 투명 손이 달콤한 키스에 빠져 있는 크레페의 안쪽 조끼에 달린 폭탄을 해체하고 있었다.
 '조금만 더.'
 김춘추는 폭탄에 대한 지식이 많지 않다는 점을 진심으로 안타까워했다.
 폭탄은 폼포지션-4(C4)였다. 이거 하나가 수류탄 7개와 맞먹는다. 이것이 일본 선수단 한가운데서 터졌다면 그 누구도 살아남지 못할 게 뻔했다.
 정말이지 아찔했다.
 폭탄을 해체하는 속도가 처음보다는 빨라졌다. 현생 전까지는 이렇게 정교한 폭탄을 본 적이 없던 까닭이었다.
 최근 아라비아와 두바이, 수단의 사업 때문에 폭탄에 관심을 갖게 된 것이 그나마 행운이라고 그는 생각했다.
 크레페는 문득 한기가 올랐다.
 자신의 몸 안쪽에서 무언가가 움직이고 있었다.
 그녀는 감았던 한쪽 눈을 살포시 떠 보았다. 김춘추의 두 손은 여전히 자신의 볼을 감싸 쥐고 있었다.
 '아니겠지.'
 크레페는 잠시 의문을 가졌지만 이내 김춘추가 주는 달콤한 격렬함에 그만 정신이 또 아득해져 갔다.
 하지만 그것도 잠시…
 그녀는 자신이 김춘추와 함께 죽으려고 한다는 생각을

떠올렸다.
 이렇게 멋진 남자를.
 한 번도 자신에게 이런 대우를 해 주지 않은 착한 남자의 목숨을 자신이 앗아 가도 된단 말인가.
 순간 크레페는 양심의 가책이 느껴졌다.
 스윽.
 크레페는 왼손으로 김춘추의 가슴팍을 밀어냈다.
 그리고 뒷걸음치면서 외쳤다.
 "당신, 빨리 달아나요!"
 "아니, 이대로 네가 죽게 내버려 두지 않아."
 김춘추가 이글거리는 눈빛으로 말했다.
 "나같이 나쁜 여자를 구하려고 하지 말아요!"
 크레페가 진심으로 소리쳤다.
 그녀는 할 수만 있다면 김춘추에게서 멀어지려고 했다.
 하지만 김춘추가 그녀의 왼쪽 팔을 낚아챘다.
 "지금이라도 멈춰."
 "……"
 크레페가 슬픈 눈초리로 그를 바라보았다.
 '제길, 조금만 더.'
 김춘추는 아랫입술을 깨물었다.
 폭탄을 완전히 해체하기 위해서는 시간이 필요했다. 이 폭탄은 수제 폭탄. 폭탄을 만든 자가 프로 전문가였다. 그러니 폭탄에 관해서 겨우 입문 수준의 지식을 가진 그가 해체하기에는 너무도 어려웠다.

마법으로 그냥 '폭탄아, 멈추어라.' 뭐, 이런 식으로 끝낼 수 있다면 좋겠다.

그러기엔 판테온 세계에 통용되는 마법 활용과 지구에서 통용되는 마법 활용이 종종 상충되었다.

아무래도 지구에는 마법이라는 것이 존재하지 않고, 판테온에서는 이렇게 고도의 기계 문명이 존재하지 않으니깐.

어찌 보면 당연한 일이었다.

하지만 지금은 그 당연함이 싫었다.

크레페의 목숨을 구해 주지는 않으니깐.

크레페는 주변을 두리번거렸다.

그제야 그녀는 자신이 처한 상황을 눈치챘다.

먼발치에 숨어 있는, 얼굴만 내밀어 이쪽을 바라보고 있는 수많은 눈을 발견했기 때문이다.

"이미 손을 썼군요."

"당신이라도 같은 태도를 취했을 겁니다."

김춘추가 정중하게 말했다.

지금 막 격렬하게 키스를 나눈 사람들 같지 않게 두 사람의 사이에는 냉기가 흘렀다.

"이건 당신이 자초했어요. 나… 난 당신을 같이 데리고 가고 싶지 않았어요."

크레페가 자조적인 어조로 중얼거렸다.

그리고 눈을 들어 김춘추를 똑바로 바라보았다.

"조금만 더 일찍 당신을 만났더라면 내 운명이 어떻게 바뀌었을지 모르겠어요. 이 모든 것은 알라의 뜻. 안녕, 내 사랑. 천국에서 만나면 전부 다 보상할게요."

"당신의 목숨이 겨우 이거던가!"

김춘추가 화가 나서 소리쳤다.

"그래요, 당신 눈에는 겨우 이것밖에 안 보일지 모르지만. 미안해요, 나에겐 지켜야 할 가족이 있어요."

크레페는 진심으로 미안한 눈길로…

그리고 더는 지체할 수 없다는 듯이 오른쪽 손에 힘을 주었다.

여전히 김춘추는 그녀의 눈을 똑바로 쳐다보고 있었다.

크레페는 그 순간 의문이 들었다.

왜?

자신이 폭탄 조끼를 입고 있는 것도 알고…

그녀의 오른손에 힘이 들어가는 순간 폭탄이 터지는 것도 아는데…

왜 가만히 있는 거야?

살려고 뛰어야 하는 거 아냐.

이 사람 바보 아니야.

왜, 왜?

크레페의 눈에서 한 줄기 눈물이 흘러나왔다.

콰아아아아쾅!

폭탄이 터졌다.

자그마한 불길은 크레페의 전신을 그대로 날렸다.

주변에 웅성거림이 들려왔다.

그러나 김춘추의 귀에는 아무런 소리도 들리지 않았다.

그저 멍하니 그 자리에 서 있었다.

"아이고, 위험했다."

김한기가 제일 먼저 달려왔다.

그리고 먼발치서 대기하던 공항 경비대원들과 이제 도착했는지 대테러 진압 요원들이 몰려들었다.

그리고 그들 사이에 이예화와 리디아가 있었다.

그녀들은 김춘추와 김한기가 두바이에서 돌아오는 것을 알고 일부러 김포공항에 마중 나왔다.

그를 깜짝 놀라게 해 줄 요량으로 말이다.

사실 말이 깜짝 놀라게 해 준다는 거지, 리디아는 김춘추가 보고 싶었다. 조금이라도 빨리 그의 얼굴을 보고 싶은 까닭에 이예화를 살짝 부추겼다. 그렇게 해서 두 여자가 김포공항에 나타난 것이었다.

그런데 가장 보고 싶지 않은 광경을 보았다.

공항 안보요원들의 제지에 다가갈 수 없었지만…

그래도 보였다, 김춘추가 웬 여자와 격렬한 키스를 나누는 장면을.

도대체 왜?

두 여자는 질투에 눈이 멀었다. 한 번도 저렇게 격렬하고 열정적인 김춘추를 본 적이 없었기 때문이다.

자신들과 같은 미녀에게도 눈길 한 번 제대로 준 적이 없는 그였다. 그런 그에게 저런 열정적인 모습이 숨어 있었다.

부러웠다, 그리고 질투했다.

그런데 그 질투의 대상인 여자가 한순간에 폭발로 날아갔다.

그리고 김춘추는 넋을 놓고 서 있다.

리디아와 이예화는 서로를 바라보았다. 지금은 김춘추에게 다가가서는 안 된다는 것을 너무도 잘 알기 때문이다.

김한기조차 김춘추에게 달려가 한마디 하고는 어정쩡한 자세로 서 있었다.

곧이어 김춘추는 테러 진압요원들 중 책임자와 함께 김포공항을 떴다. 물론 김한기도 함께.

사건의 진상을 조사하기 위해서였다.

리디아와 이예화는 말없이 서로의 손을 꽉 잡았다. 지금 누구보다도 서로의 심정을 잘 알고 있었다.

그녀들의 마음을 가장 아프게 한 것은 김춘추의 표정이었다.

그녀들의 눈에는 김춘추의 표정이 사랑하는 연인을 눈앞

에서 잃어버린, 비통에 잠긴 사내의 표정으로 보였다.

◈ ◈ ◈

아시안게임을 이틀 앞두고 청와대에서 만찬이 열렸다.
각국 선수단의 대표들과 정·재계의 내로라하는 인사들이 전부 초대되었다.
그중에는 김춘추도 초대되었다.
그는 자신의 파트너로 김한기가 아닌 리디아를 데려갔다.
미래의 정이선이 만찬에 참석하는 까닭이었다.
리디아를 보는 그놈의 눈초리를 확인해야 했다.
"어이쿠, 우리 영웅이 오셨군."
대진그룹의 오너인 김호중이 김춘추를 제일 먼저 발견하고는 다가왔다.
전 세계를 무대로 동에 번쩍 서에 번쩍하는 김호중으로서는 같은 무대를 움직이고 있는 김춘추를 의식 안 할 수가 없었다.
라이벌로 여기는 것보다는 함께 가야 할 파트너로 여겼다.
그것만 봐도 김호중의 인품과 시야를 알 수가 있었다.
대한민국은 세계에서 작은 나라다. 그런데 그 작은 나라의 두 기업이 서로 싸움을 하느라 좋은 기회를 다른 나라의 기업에게 날려 버리느니 서로가 협력해서 더 많은 기회를 갖는 것이 현명했다.

김춘추 역시 김호중의 그런 면이 마음에 들었다.

그래서 종종 해외에서 마주치면 일부러 함께 식사를 하고, 사업에 관해서 대화를 나누었다.

서로가 음지, 양지에서 도움을 주고 있는 상생 관계였다.

"안 그래도 감사 인사를 드리러 가려고 했습니다."

김춘추가 김호중을 보자 고개를 숙여 인사를 건넸다.

그가 김포공항 테러 사건의 진상 조사 차원에서 대경찰청에 억류되었을 때, 제일 먼저 나타난 것은 김호중이었다.

나라에서 손꼽히는 그룹의 오너가 나타나 김춘추의 신분을 증명해 준 것이었다. 물론 그가 아니더라도 김춘추의 전화 한 통이면 청와대에서도 사람을 보내 주었을 것이다.

어찌 됐건 간에 지금 전세환 대통령과 김춘추는 사업 파트너니깐 말이다.

"영웅 대접을 해야 하는데."

김호중이 못마땅한 어조로 말했다.

"완벽하게 막지는 못했는걸요."

김춘추가 쓸쓸한 어조로 대꾸했다.

"어찌 되었건 간에 폭탄 주범만 죽지 않았는가. 그러면 됐지. 만약 그 폭탄이 제대로 작용해서 그 자리에 있던 자네까지 어찌 되었더라면……."

김호중이 가슴을 쓸어내리면서 말했다.

김춘추의 신변 보증을 확인하기 위해 대경찰청에 달려갔던 그는 누구보다도 사건에 대해서 많이 알고 있었다.

물론 청와대 쪽도 마찬가지겠지만.

그래도 이들은 폭탄 테러가 미수로 그친 것에 대해서 행운으로 알고 있었다.

김춘추가 마법을 시현해서 폭탄이 거의 해체했으리라고는 꿈에도 생각지 못했다.

"그래도 영웅 대접을 해야 하는데 기사에 한 줄도 자네에 대해서는 나오지 않더군."

김호중이 몹시 아깝다는 어조로 말했다.

대중성.

그는 김춘추에게 지금 대중성이 필요하다고 생각하던 차였다.

김춘추의 이름은 그와 결부된 사업을 하는 이나 그룹의 로열패밀리 등 청와대에 들락거리는 사람들이나 알지, 대중에게는 전혀 알려져 있지 않았다.

김호중은 언론플레이에 능한 자였다.

장기적인 안목으로 그는 매스미디어를 지배하는 자가 앞으로 권력을 장기적으로 쥐게 될 것이라고 생각하는 터였다.

물론 김춘추도 그것을 모르지는 않는다. 하지만 아직은

시기상조라고 여길 뿐이었다.

　게다가 눈앞에서 크레페를 잃고, 자신의 이름이 기사에 나오는 것을 원치 않았다.

　그로서는 이번 일을 자신의 실패로 여겼다.

　일본 선수단 전원이 몰살될 뻔한 상황을 구하고 아시안 게임이나 앞으로 열릴 88서울 올림픽에 나쁜 영향을 크게 미치지 못하도록 한 것에 대한 위안 따위는 전혀 없었다.

　물론 그의 성정상 이유 없이 타인에 집착하지 않는다.

　하지만 크레페 그녀는…

　그의 키스, 이번 생의 첫 키스를 가져간 여자였다.

　그 이유 하나만으로도 족했다.

　그녀의 죽음을 애도할 이유로서 말이다.

　"와, 이제는 나도 보이지 않는단 말이지?"

　무함마드 왕자의 목소리가 김춘추의 상념을 깼다.

　"아, 왕자님."

　김호중이 빙그레 웃으면서 무함마드 왕자에게 인사를 먼저 건넸다.

　김춘추 역시 친우의 등장에 굳은 얼굴을 풀었다.

　그 옆에 서 있던 리디아 역시 환한 미소를 지었다.

　"잘 있었어, 내 사랑?"

　무함마드 왕자가 리디아를 보면서 말했다.

　"어머, 농담도."

리디아가 환하게 웃으면서 말했다.

"농담 아닌데? 난 진심이라고. 내 진심을 농담으로 여기지 말라고."

무함마드 왕자가 푸념 섞인 어조로 말했다.

그 말을 듣는 순간 김호중의 눈빛이 빛났다.

그는 무함마드 왕자가 진심으로 김춘추의 옆에 서 있는 리디아를 좋아한다는 것을 알아챘다.

하긴… 그것 달린 사내라면 리디아를 보고서 어떻게 사랑에 빠지지 않겠는가. 나이 쉰에 접어든 자신도 처음 리디아를 보았을 때 설렐 정도였는데.

리디아의 미모는 정말이지 이 공간에 실재하는 사람처럼 보이지 않을 정도였다.

"왕자님 사랑이라면 확실히 지켜 주시죠."

김춘추가 반 농담처럼 무함마드 왕자의 말에 대꾸했다.

순간 무함마드 왕자는 그간 무슨 일이 리디아에게서 일어났음을 직감했다.

김춘추는 말을 허투로 하지 않는다.

그가 아는 친우는 적어도 그런 성격이었다.

무함마드 왕자는 리디아를 바라보았다.

그녀는 자신도 모르게 살짝 고개를 움츠리고는 말했다.

"그런 게 있어요."

"그런 게 뭔데?"

무함마드 왕자가 다그쳤다.
"여기서 말할 내용이 아니라서……."
리디아가 말꼬리를 흐리면서 주변을 두리번거렸다.
그녀의 눈길 끝에 미래의 정이선이 서 있었다.
무함마드 왕자도 그쪽을 바라보았다.

미래 정이선.
그는 청와대 만찬에 가기 싫었다.
어떤 핑계를 대서든지 참석하기 싫었다.
하지만 할아버지 정한영의 지엄한 명령을 어길 수는 없었다. 가뜩이나 춘천 건설 현장에서 도망친 이후로 할아버지의 눈초리가 매우 안 좋았기 때문이다.
필시 이곳에 참석하면 김춘추와 마주칠 텐데.
게다가 그의 불안감은 리디아를 보면서 절망감으로 바뀌었다.
리디아.
한때는 그녀를 손에 넣고 싶었다. 하지만 지금은 다시는 떠올리고 싶지 않는 이름이었다.
아무리 예쁘면 무엇 하는가. 죽기는 싫었다.
그날 밤 겪은 그 고통이 다시 떠오르자 정이선은 몸서리쳤다.
그다음 날 백호파가 해체되었음을 진인철에게 들었다.

그것으로 백호파든 진인철이든 그와의 연결은 끊겼다. 무슨 일이 벌어졌는지 모르지만.

자신이 겪은 공포감만큼 백호파에게도 일어났나 보다.

황금 가면을 쓴 사내가 김춘추는 아닐 것이다.

하지만 관계는 있겠지.

필시 어디서 은둔해 있는 초인을 불러냈나 보다.

어쨌건 간에 백호파가 해체되고 자신이 그런 수모를 당했다는 것은 리디아 납치 시도 일 외에는 공통점이 없었다.

그년의 면상을 두 번 다시 보고 싶지 않았다.

그게 딱 정이선의 크기였다.

태어났을 때부터 과보호 속에 쌓여 자라 온, 온실의 화초 같은 그로서는 김춘추에게나 그 초인을 찾아내어 어찌해 볼 마음조차 갖지 못했다.

그저 철없는 한량, 그 이상은 되지 못하는 자였다.

김춘추는 먼발치서 정이선을 관찰했다. 리디아를 보는 그의 반응을 살피면서.

'저자는 이것으로 신경 쓸 필요가 없겠군.'

정이선 같은 작자는 저런 식으로 짓밟아 놓으면 다시는 대항할 생각을 하지 못한다.

김춘추의 입가에서 살며시 미소가 피어올랐다.

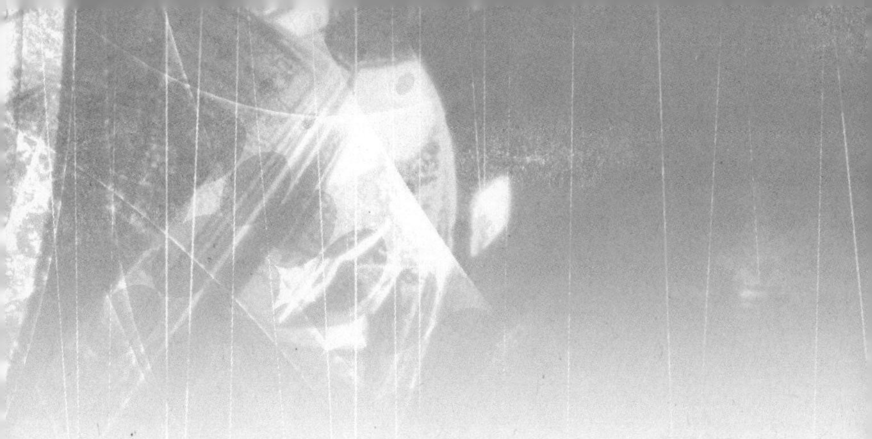

제9장

신연천의 바람

경기도 여주, 대순 본산.

대순교는 금년은 매우 특별한 한 해였다.

전 교주가 갑작스럽게 세상을 떠나고 새로이 후계자가 그 뒤를 이었다.

교주의 뒤를 이은 자는 그야말로 상상 의외의 인물이었다.

처음엔 다들 이대로라면 대순교가 한때 교주의 강력한 후계자들이었던 이들에 의해 산산이 나누어질 거라는 말이 심심찮게 돌았다.

하지만 결과는 전혀 다르게 나타났다.

새로운 교주는 다름 아닌 이후석이었다. 한때는 중앙정

보부장이었으며, 국회의원까지 했던 그가 대순교를 장악한 것이다.

그가 어떤 식으로 전 교주의 총애를 업고 후계자의 자리에까지 올라갔는지 아무도 모르는 일이었다.

하지만 전 교주가 이후석을 차기 교주로 지목한 것은 엄연히 사실이었다.

아무리 이후석의 과거가 뛰어나다고 해도 모든 후계자들을 통일하고 대순교를 빠른 시일 내에 단결시키는 것은 어려운 듯싶었다.

대순교 자체의 뿌리가 구원자 신앙이기에 더욱 그러했다. 이후석을 구원자로 볼 이가 얼마나 될까.

하지만 상황은 정말 예측 불허였다.

몇몇의 후계자나 간부들이 한순간에 사라지거나 조직에 남아 그에게 충성을 맹세했다.

어떤 방식으로 그들을 제압했는지는 아무도 모를 일이었다. 하지만 대순교의 신도들은 환호성을 터뜨렸다.

강력한 카리스마 지도자의 탄생을 뜻하는 바니깐.

한때 증사교에 밀렸던 대순교의 위치가 이대로라면 바뀌는 것도 시간문제였다.

이후석은 대순교의 명칭까지 신연천으로 뜯어고쳤다. 몇몇 반대하던 이들이 사라지고 나자 신연천은 새로이 거듭날 수가 있었다.

이제 아무도 이후석을 반대하지 않는다.

아니, 모두가 그를 두려워했다.

자신들의 영혼까지 꿰뚫어 보는 이후석의 카리스마에 눌려 간부들마저 벌벌 떨었다.

예전 같으면 교주의 눈을 피해서 자신들의 사리사욕을 채우기 바쁜 간부들이었다. 하지만 지금은 진심으로 이후석을 따르고 그를 두려워했다.

사리사욕을 부린다는 것은 언감생심 생각도 못할 정도였다.

그러니 신도들 모두가 이후석의 등장을 더욱 열광하기 시작했다.

신연천의 탄생.

이후석은 3만 신도들이 집결한 광장에서 황금빛 가운을 걸치고 머리에는 왕관을 쓴 채 그 모습을 드러냈다.

와아아악.

와아아아아아악.

신도들의 엄청난 환호성.

이후석은 두 손을 번쩍 들어 올렸다.

그와 동시에 사전에 준비된 불꽃이 쏘아 올려졌다.

펑펑펑!

펑펑!

와아아아아아아!

불꽃의 요란한 소리와 함께 다시 한 번 신연천의 3만 신도들의 함성 소리가 요란하게 지축을 울렸다.
 이후석은 그 광경을 만족스럽게 쳐다보았다.

 이후석, 아니 이후석의 정신을 잠식하고 그 껍데기를 쟁취한 이부칸은 오랜만의 행사에 피곤함이 몰려왔다.
 오랜 시간 동안 육신 없이 움직이던 자유로움이 어느새 습관처럼 배어서, 육체라는 껍데기가 자못 거추장스러운 것은 사실이었다.
 하지만 육체 껍데기는 그에게 꼭 필요한 것이었다.
 단순히 꼭두각시 이상의 의미가 있었다.
 이 육체를 완전히 장악하고 자신의 것으로 만들기 위해서 오랜 시간 '연'의 신도들이 그를 위해서 고생하지 않았던가.
 "다음 순서는?"
 이부칸, 아니 이후석은 자신의 옆에 서 있는 비서를 향해서 짜증스럽게 입을 열었다.
 "이명옥이 곧 도착한다고 합니다."
 "그 계집애?"
 "그렇습니다."
 "나이 든 년을 꼭 지금 만나야 해?"
 "교주님께서 지시하신 일입니다."

비서는 이후석의 변덕을 익히 잘 아는지라 담담한 어조로 말했다.

"그렇지, 내가 그랬지."

이후석은 얼굴을 찌푸리면서 말했다.

지금 그에게 필요한 것은 젊고 새파란 여자애를 안고 황금빛 휘장이 쳐 있는 침실로 향하는 것이다.

마음 같아서는 일찍이 점찍어 둔 몇몇 계집애들을 품고 싶었다.

이후석의 안에 든, 이부칸의 원래 성정이 그랬다.

그가 누군가.

수천 년을 영혼인 상태로 살아온 술사이자 연의 교주이자 새천년의 지도자가 될 몸이 아닌가.

적어도 이부칸은 자신의 존재를 그렇게 평가했다.

수천 년 전, 그때 그 사건만 없었더라면…

그놈이 그때 그 순간 방해하지만 않았더라면…

그가 오랜 세월 영혼의 상태로 지구에서 떠돌지 않았을 게다.

그놈, 그놈을 잊을 수가 없었다.

그놈의 얼굴을 떠올린 이부칸은 자신도 모르게 손을 부르르 떨었다.

하지만 그놈보다 더 중요한 것이 있었다.

제대로 된 영생.

그가 과거 꿈꾸고 실현하고자 했던 그 일을 제대로 마무리해야 했다.

그것이 이부칸의 야망이었다.

그때 사라진 그것을 찾아 자신의 야망을 완성하는 일.

제대로 된 영생과 더불어 세계의 패권을 장악하는 일은 반드시 이루어야 할, 이미 이룰 뻔한 일이었다.

이부칸 그 자신이 아니면 그 일을 해낼 자가 없다는 자신감에 그는 도취해 있었다.

지금은 그때보다 더 많은 준비가 되어 있었다.

고국의 조직은 탄탄대로일 뿐만 아니라 한국에까지 손을 뻗쳐 왔다.

사실 사라진 그것이 한국에서 그 기운을 드러낼 줄은 몰랐다.

하지만 어디든 좋다, 한국이나 중국이나.

어차피 그에게는 같은 땅덩어리로 보일 뿐이었다.

자신의 지배를 받을 땅덩어리 말이다.

"도착하셨답니다."

비서가 조심스럽게 이부칸, 아니 이후석에게 말했다.

"들여보내."

이후석은 떨떠름하게 말했다.

슥.

문이 열렸다.

이후석은 여전히 집무실, 황금빛이 번쩍이는 교주의 자리에 오만하게 앉아 있었다.

이명옥이 들어섰다.

그녀는 이후석의 달라진 옷차림과 태도에 적잖이 놀라는 표정을 지었다.

하지만 이내 표정 관리를 했다.

과거 그녀는 아버지의 후광으로 인해서 한때 정계에서 잘나갔다.

하지만 과거의 영광은 정권이 바뀜으로써 막을 내렸다.

이제는 조용하게 은둔하면서 사는 처지로 전락해 있었다.

하지만 그녀의 나이는 고작 이제 서른.

아직 정치적 야망을 포기하기에는 너무 이른 나이였다.

이후석이 만나자고 연락이 왔을 때 얼마나 뛸 듯이 기뻤던가.

지금은 아무도 그녀를 기억하지 않는 까닭이었다.

이후석이 정계에 은퇴했다고는 하나 아직은 그 영향력이 대단하다. 그가 몇몇 사람에게 다리만 놔주어도 이명옥이 재기하는 데는 큰 힘이 되어 줄 터.

"오랜만입니다."

이명옥이 환한 미소를 지으면서 기품 있게 인사를 건넸다. 어렸을 때부터 예절 교육을 철저하게 받은바, 그녀의 태도나 행동은 매우 우아했다.

이후석은 그런 이명옥을 지그시 바라보았다.

생각보다 예쁘다.

서른이라고 들었는데, 피부 관리를 잘했는지 아직은 20대라고 우겨도 될 만큼 미모가 제법이었다.

게다가 몸매 관리를 잘했는지.

비록 몸에 꽉 끼는 투피스는 아니었지만.

오히려 그 바람에 그녀가 움직일 때마다 헐렁한 옷 속에 대한 여분의 상상이 그를 자극시켰다.

"크흠, 이리로 앉아. 언제까지 멀뚱멀뚱 거기 서 있을 게야."

이후석이 이명옥에게 다소 누그러진 태도를 보이면서 말했다. 그의 눈길이 자신의 몸, 그것도 가슴에 고정되어 있다시피 한 것을 이명옥이 모를 리가 없었다.

'저 양반이 저런 사람이던가.'

사실 그녀는 너무도 달라진 이후석의 태도와 말투, 그리고 행동에 점점 놀라고 있었다.

과거 이후석은 자신의 아버지의 동료이자 친구였다.

그런 이유에서 그는 이명옥의 후견인을 자처했고, 늘 예의를 갖추어 자신을 예우했다.

그런 이후석이 뜬금없이 사이비교라고 사람들이 수군대는 종교를 통째로 손아귀에 집어삼켰다.

애초에 종교라곤 점집을 다니는 것 외에는 크게 관심 없던 평소 그의 성격상 정말 예상 밖의 행보였다. 그래서 그가 부르자 호기심에 한달음에 달려왔다.

어차피 그녀는 시간이 많다. 그것도 아주 많다.

그런데 이것은 정말이지 예상 밖의 전개였다.

스윽.

이명옥은 이후석이 가리키는 손짓대로 그의 옆으로 다가가 앉았다.

'성격뿐만 아니라 얼굴도 달라 보이네.'

그녀는 이후석을 찬찬이 뜯어보았다.

분명 이후석은 맞는데.

젊은 이후석이라고 해야 하나.

남들은 나이가 들면 늙어 간다는데, 이 양반은 어떻게 회춘할 수가 있지?

게다가 그의 눈빛은 청년들의 눈빛보다 더욱 뜨겁게 이글이글 타오르고 있었다.

생을 얼마 안 둔 노인의 눈이 절대 아니었다.

야망의 눈동자, 거대한 야망의 눈동자였다.

게다가…

이후석은 황금색 가운만 몸에 걸치고 있었다.

언뜻 봐도 그 안에는 실오라기 하나 걸친 게 없어 보였다.

보통 이런 차림으로 자신을 만난다고 하면 크게 무례하게 여기고 평소라면 돌아갔을 게 뻔했다.

하지만 이미 이후석을 만나기 전 그의 비서가 언질을 주었다. 연천교 본산에 있을 때는 이후석이 한결같은 차림새를 하고 있다고.

절대 이명옥을 우습게 여겨서 입고 있는 것이 아니라고 양해를 구해 왔었다.

'비서 말이 맞네.'

이후석의 너무도 당당한 태도에 이명옥은 절로 고개를 끄덕였다.

그는 가운 하나만 걸친 것을 전혀 부끄러워하지 않았다.

두 개의 용이 서로 읽히고설켜 있는 그림이 그려진 황금색 가운은 그야말로 그의 권위를 상징했다.

그리고 그는 가운밖에 걸치지 않은 것에 대해서 부끄러운 빛이 전혀 없었다. 오히려 너무도 자연스러웠다. 그가 나체인 상태로 돌아다닌다고 해도 자연스러울 만큼.

게다가 그의 얼굴은 예전보다 더욱 빛나고 있었다.

'내가 알던 이후석이 맞긴 맞을 텐데. 정말이지 다른 사람처럼 보이네.'

이명옥은 연신 속으로 이후석의 태도에 감탄했다.

"내 복근 좀 만져 보렴."

이후석이 갑자기 이명옥의 손을 덥석 잡으면서 말했다.

순간 이명옥은 당황했지만 그의 손을 쳐 내지는 않았다.

'그럼 그렇지.'

이후석이 그런 이명옥의 태도에 빙그레 웃었다.

그러고는 그녀의 손을 자신의 배, 벌어진 가운 사이에 드러난 복근 위에 갖다 대었다.

이명옥은 순간 깜짝 놀랐다.

언뜻 봐도 젊은이의 몸매처럼 보였지만, 너무도 탄탄한 복근이 만져지자 자신도 모르게 얼굴이 붉어졌다.

오랜만에 느끼는 욕망의 설렘이 그녀를 사로잡았다.

6년 전 그녀의 약혼자와 함께 마지막 밤을 보낸 이후, 그동안 쥐 죽은 듯이 사느라, 아버지가 죽자 여지없이 파혼 통보를 해 온 약혼자에 대한 분노로 인해서… 그녀는 남자를 만나지 않고 있었다.

이명옥의 몸도 덩달아 뜨거워졌다.

이후석은 너무도 당연하다는 듯이 이명옥의 곁으로 다가가 그녀를 덥석 안아 올렸다.

"어머."

이명옥은 짧게, 당황하는 척하는 소리를 내었다.

하지만 그녀의 몸은 아무런 저항을 하고 있지 않았다.

이후석은 그대로 교주의 집무실과 연결된, 또 하나의 문을 열어젖혔다.

그의 육체와 마음을 풀어 주는 침대가 놓인 방으로 이명옥을 데려갔다.

그렇게 두 사람은 한참이나 방에서 나올 줄을 몰랐다. 방

안은 이명옥의 신음 소리로 가득 찼다.

이후 얼마나 시간이 지났을까.

몇 번을 까무러칠 뻔한 이명옥은 거의 실신 직전의 피곤함과 만족스러움으로 가득 찼다.

그녀는 자신의 옆에 누워 있는 이후석의 배를 가만히 쓰다듬었다.

"아내분은 어쩌고?"

"뭘 어째."

이후석은 관심 없는 표정으로 말했다.

"나랑 살아요."

"빙빙 돌리지 않아서 좋네."

이후석이 무언가를 생각하는 눈초리로 그녀를 보았다.

"이혼할 생각은 없는 거죠?"

이명옥이 아쉽다는 듯이 말했다.

하지만 이미 알고 있었다. 이런 남자들은 절대 가정을 버리지 않는다. 아니, 가정 따위는 그들의 발목을 잡을 수가 없었다.

하지만 이후석의 과거 행보와 지금은 너무도 달라서 예측 불허였다.

과거 이후석은 그 명성과는 전혀 다르게 공처가였다.

그런데 지금은 딸과도 같은 자신을 만나자마자 침실로 데려오는 등.

그의 몸짓과 기교, 힘은 청년의 그것보다 훨씬 강했다.

이명옥으로서는 오랜만에 느껴 보는 남자의 뜨거움에 이후석이 자신과 결혼해 주지 않는다고 해도 그를 놓을 마음은 없었다.

어차피 그녀는 결혼을 포기하지 않았던가.

"네년은 나와 사업해야지."

이후석이 말했다.

"역시… 결국은 제 사업체를 노리는 거군요."

이명옥이 그럴 줄 알았다면서 대답했다.

그녀는 대외적으로는 아무런 사업을 하는 게 없다. 하지만 은밀하게 선박 회사를 소유하고 있었다.

그 사업은 그녀의 아버지가 역시 몰래 소유하고 있던 것이었다. 그것을 그대로 물려받았을 뿐이었다.

"나랑 한 번 잤다고 대놓고 결혼 얘기 꺼내는 네년이나 나나 뭐가 다르냐?"

이후석이 당당하게 말했다.

그 말에 이명옥이 잠깐 눈살을 찌푸렸다.

"서운해하지 마라. 그까짓 돈 때문에 네 사업을 탐내지 않는다. 돈이라면 나도 많다. 어떠냐, 나랑 함께 사업해 보지 않겠냐?"

이후석이 능글거리는 태도로 말했다.

"어떤 사업?"

이명옥이 다소 안심되는 표정으로 물었다.

어차피 이후석은 그녀의 비밀 사업체를 전부 꿰뚫고 있었다. 아버지의 친구이자 가장 친한 동료였으니 당연한 일이었다.

너무도 당연했다.

그러나 지금까지 그녀의 비밀 사업체가 발설되지 않은 것으로 보아 이후석이 침묵을 지키고 있었다.

그런 면에서 그는 믿음직스러웠다.

"어떤 사업이 뭐가 중요하냐?"

이후석이 뜬금없는 말을 했다.

"방금 사업하자면서요."

이명옥이 살짝 어이없는 표정을 지으면서 물었다.

"어떤 사업인지는 안 중요하지. 한국을 우리가 집어삼키는 것이 가장 중요하지. 흐흐흐흐."

이후석이 난데없이 기괴한 웃음을 냈다.

'내가 아는 양반이 정말 아니네.'

이명옥은 그 모습을 보고 이후석이 완전히 달라졌음을 인정했다. 자신과 뜨거운 시간을 보내고 있을 때에도 반신반의했다.

하지만 지금 그의 말로써 모든 게 명확해졌다.

어떤 이유에서인지 이후석은 완전히 다른 사람이 되었다. 그녀가 알던 이후석이 전혀 아니었다.

"좋아요."

이명옥의 얼굴에서 기쁨의 빛이 떠올랐다.

그의 말대로 사업체는 중요하지 않다.

아버지보다 더 비상할 수만 있다면 기꺼이 무엇이든지 할 수 있었다.

고작 4선 국회의원에 머물다가 어이없게 병으로 돌아가신 그녀의 아버지보다 이명옥 그녀가 더 야심이 컸다.

과거의 영광보다 더 찬란한 영광을 만들 수만 있다면, 기꺼이 이후석과 손을 잡겠다.

이후석이 그제야 만족스런 빛을 띠면서 이명옥의 가느다란 허리를 잡아챘다.

"어머, 또?"

이명옥이 싫지 않은지 애교 섞인 어조로 말했다.

"싫냐?"

이후석의 입은 그렇게 말하고 있지만 이미 그의 손은 이명옥의 나체를 더듬고 있었다.

다시 한 번 방 안은 남녀의 교합 소리로 시끄러워졌다.

❖ ❖ ❖

김춘추는 삼성동 무역센터 건설 현장을 바라보고 있었다. 그의 옆에는 김한기가 뿌듯한 표정을 지었다.

"대단한 놈."

김한기는 감탄하듯이 말하고는 아직 철근 구조물에 불과한 건물들을 바라보았다.

아직 무역센터가 완공되려면 2년여의 시간이 더 필요하다. 작년에 기공식을 시작했으니 이제 겨우 시작에 불과했다.

한국종합무역협회 회원들의 오랜 염원이 김춘추에 의해서 이루어지고 있었다.

대지 면적 19만 347제곱미터, 연건축면적 60만 4,705제곱미터의 대규모 건설 현장이었다.

김한기는 이것을 해내는 김춘추가 실로 놀라웠다.

그가 나타나지 않았더라면 김한기는 그의 할머니와 함께 아직까지 점을 봐 주면서 돈을 쌓아 두기만 했을 것이다.

그런데 김춘추는 달랐다. 돈을 쌓아 두는 게 아니라 활용했다.

더구나 노른자위 땅을 보는 눈이 있었다.

그들이 살던 관악산 자락에 있는 신림동뿐 아니라 강남 전체에 그의 땅들이 널려 있었다.

어디 그것뿐인가.

어쨌거나 그 사이 많은 어려움도 있었지만.

그렇지만 너무 많은 독식은 체하기 마련이었다. 그것을 김춘추는 생각지도 못한 방법으로 해결했다.

이미 해외에 유학 가 있는 동안에도 그는 자신이 아는 경제 지식을 바탕으로 조그마한 무역 거래 등을 시험적으로 해 오고 있었다.

여러 번 실패를 경험하기도 하고.

물론 그런 실패가 지금의 그를 만들어 주었다.

어쨌거나 그는 한국무역협회의 가장 큰 회원으로 부상했다.

그리고 국내 무역협회원들의 가장 큰 바람인, 대규모 건물을 그가 나서서 짓기로 한 것이었다.

표면적으로는 한국무역협회, 민간경제단체가 그 주인으로 되어 있었지만 실상은 관리 회사였다.

그 이면엔, 이곳의 땅과 건물이 전부 김춘추의 것이었다.

그는 자신이 갖고 있던 거대한 땅덩어리인 삼성동 땅을 이런 식으로 활용했다.

그의 예측은 정확했다.

얼마 안 지나서 이곳의 땅을 재벌 회사에서 싼값에 매입해 아파트를 짓겠다는 제안이 올라왔다.

하지만 한국무역협회에서 이곳의 땅을 차지하고 대규모 무역센터를 건립하겠다는 보고서를 내었다.

아무리 절대 권력이라고 해도 나라 발전에 도움이 될 무역센터 건립의 필요성은 이미 절감하고 있었다. 나라의 경제가 발전해야 자신의 권력에 대한 정당성이 생기니.

당시 정권의 정당성 때문에 고심하던 전세환은 무역 발전이라는 대의 명문을 가지고 있는 무역협회의 손을 들어 주었다.

그까짓 아파트 건설은 또 다른 데 하면 그만이었다.

1983년도에 일어난 일이었다.

김춘추는 그때를 떠올렸다.

그가 조금만 더 늦게 움직였다면 삼성동 땅은 그대로 재벌 건설 회사에 넘어갔을 것이다.

아무리 자신이 주인이라고 해도 소용없다.

권력이 그래서 무서운 것이다.

해외에 있다고 국내 소식에 둔했더라면 그는 허무하게 이 모든 것을 뺏겼으리라.

"그만 가자."

"어디로?"

"친우가 오거든."

김춘추가 빙그레 웃으면서 말했다.

"내가 모르는 친구들?"

"얼굴 보면 알걸."

김춘추는 김한기에게 의미심장하게 말하고는 연신 싱글벙글 표정을 지었다. 그의 오랜 친우들 중 한 명이 오랜만에 귀국하기 때문이다.

"대장, 더 멋져졌는데?"

한지석이 사무실에서 김춘추를 보자 자리에서 발딱 일어나 반기면서 말했다.

"새삼스럽게."

김춘추가 낯간지럽다는 듯이 말했다.

보통 상대의 이런 말에 잘 반응하지 않는 그가 대꾸를 해 준다는 것 자체가 놀라운 일이었다.

김한기는 한지석을 지그시 바라보았다.

분명 자신이 봤다는데 기억이 나지 않는다.

"여기 한지석."

김춘추가 김한기에게 상대를 소개시켜 주었다.

"어, 난 김한기다."

김한기는 손을 내밀어 한지석이 내민 손을 잡고 악수를 했다. 하지만 그의 눈은 여전히 한지석의 얼굴을 뚫어지게 보고 있었다. 아무리 봐도 기억이 나지 않았다.

그제야 김춘추가 빙그레 웃으면서 말했다.

"땅딸보 지석이 기억해?"

"아……!"

김한기의 입에서 감탄 소리가 났다.

왜 모르겠는가.

김춘추의 어린 시절, 대장이라고 부르면서 그를 따라다니던 다섯 아이들.

김춘추가 13살 때 유학 가 버리자, 이 친구들도 하나둘 뒤따라 유학 가 버리지 않았던가.

그 덕에 김한기는 더욱 소외감을 느꼈다.

그 땅딸보 지석이 187센티미터의 건장한 사내가 되어서 돌아왔다.

"제길, 네놈들은 전부 변신했냐?"

김한기가 투덜거렸다.

자신의 멋진 본체는 드러내지도 못하고 배불뚝이 중년 사내의 몸을 갖고 있다는 사실이 억울할 지경이었다.

"최근 그들을 본 적이 없어서 나도 잘 모르는데."

한지석이 뒤통수를 긁으면서 대꾸했다.

"네놈은 여전히 순진하군."

김한기가 한지석을 유심히 살피다가 중얼거렸다.

"그런데 절 어떻게 아십니까?"

한지석은 김한기의 말투와 행동, 그리고 자신을 오래 안 사이처럼 말하는 것에 살짝 놀라는 눈치였다.

"아니, 그렇다는 거지."

김한기가 대충 말을 둘러댔다.

"평소에 네놈들 얘기를 저 녀석한테 들었거든."

"우리 삼촌이셔. 내 사업을 전부 대표해 주시고 계시고."

김춘추가 옆에서 한마디 거들었다.

"아……."

한지석은 이해가 된다는 듯이 고개를 끄덕였다.

김춘추의 삼촌이면 가만… 말이 안 되잖아.

한지석은 잠시 생각하다가 고개를 갸웃거렸다.

분명 김춘추의 할머니는 딸 하나만 있었다고 알려져 있기 때문이다.

"먼 친척."

김춘추가 한지석의 반응을 눈치채고는 딱 잘라 말했다.

"그렇구나."

한지석은 그제야 이해가 된다는 듯이 고개를 끄덕였다.

"제일 먼저 귀국했네."

김춘추가 대견하다는 눈빛으로 한지석을 바라보았다.

"너 같은 괴물한테 들을 말은 아니다."

한지석은 손을 내저으면서 말했다.

어렸을 때부터 김춘추에게 훈련받은 자신과 친구들은 보통 사람들보다 두뇌와 신체의 발달 상태가 빨라졌다.

수재를 넘어 영재, 아니 천재에 가깝다는 소리를 들으면서 정부 지원의 유학을 받을 수가 있었다.

당시 나라에서는 조기 인재 양성이라는 프로젝트로 여타 선진국들이 자국의 인재를 해외에 유학시켜 해외맞춤형 인재를 키우는 것을 도입했다.

그 혜택이 이들에게 돌아온 것이었다.

물론 김춘추는 일부러 그 프로젝트에 들어가지 않았지만

친구들은 프로젝트에 들어갈 수 있게 손을 써 주었다. 그렇지 않고서는 가난한 신림동 아이들이 어떻게 유학을 갈 수 있었겠는가.

이런 자신이나 친구들도 김춘추에 갖다 대면 새 발의 피였다.

나라에서는 천재 소리를 들으면서 전폭 지원을 받아서 해외 유학을 갔지만, 김춘추의 화려한 학력에 비하면 그야말로 보잘것없었다.

물론 공식적으로는 영국 옥스퍼드와 미국 하버드에서 공부한 것으로 알려져 있지만 한지석은 그보다 더 많은 학력을 김춘추가 보유하고 있는 것을 알고 있었다.

한국 국적 외에도 다른 나라 국적을 그가 가지고 있으니깐.

그는 이유 없이 다른 나라 국적을 취득할 인물이 절대 아니었다.

그러니 이제 20살의 나이에 하버드 대학원을 졸업한 한지석의 약력은 어찌 보면 초라할 뿐이었다.

아직도 한지석은 더 나아가야 할 길이 까마득하게 느껴졌다. 그의 목표와 목적은 오로지 김춘추를 따라가는 것이었으니깐 말이다.

"박사는 어쩌고?"

김춘추가 물었다.

"군대도 가야 하니, 일단 잠시 쉴까 해서."

한지석이 머쓱한 표정으로 말했다.

"군대는 내년에 가."

김춘추가 딱 잘라 말했다.

"내년에?"

"어르신들이 뭔가 수군거리고 있더군. 잘하면 너나 애들도 해당이 되겠어. 그러니 올해는 박사 학위나 마저 따."

"날 너무 쳐주는 거 아냐? 무슨 수로 1년 만에 박사 학위를 따냐."

"너 정도면 따겠지."

김춘추가 심드렁한 표정을 지었다.

"이거 날 도로 쫓아내려고 작정했군."

한지석이 구시렁거렸다.

사실 군대 문제는 변명이고, 김춘추가 보고 싶어서 귀국을 했기 때문이다. 다른 핑계로 귀국했다가는 김춘추에 의해서 바로 쫓겨날 것이 뻔했다.

그런데 그 군대도 뭔가 있나 보다.

한지석은 김춘추를 바라보았다.

마치 아기 새가 어미 새를 바라보듯이.

'이 녀석들은 호모냐, 뭐냐. 아주 가관이군.'

김한기가 김춘추와 한지석을 바라보면서 어이없는 표정을 지었다. 그리고 이내 자신과 마찬가지로 이 녀석이나 그 친구들이 김춘추를 무척이나 따르는 것을 뒤늦게 깨달았다.

만약 한지석이 이대로 한국에 머문다면…

자신과 마찬가지로 김춘추의 곁에서 떠나지 않으려고 용쓸 게 뻔하지 않은가.

'이 녀석을 쫓아내야겠군.'

김한기는 뜻하지 않은 라이벌의 출현에 긴장했다.

그리고 각오를 다졌다, 반드시 저놈을 쫓아낸다.

"대신 한국에서 따라. 차후에 시간 나면 다시 하버드로 보내 주지."

김춘추가 말했다.

"얏호!"

동시에 한지석의 환호성이 터졌다.

김한기의 이마에 주름이 깊게 파였다. 생각지도 못한 방향으로 일이 흘러가고 있었다. 김춘추가 한지석을 자신의 곁에 두려고 한다.

"김춘추, 이놈이 왜 필요해? 내가 그렇게 못 미덥냐!"

김한기가 불만 섞인 어조로 말했다.

"그건 아니고."

김춘추가 김한기를 달래듯이 말했다.

한지석은 김춘추의 말에 경청을 했다.

"이제 좀 더 힘든 싸움이 전개될 거야."

"힘든 싸움?"

김한기가 이해가 안 된다는 듯이 되물었다.

지금 사업은 탄탄대로를 달리고 있었다.

게다가 골치 아팠던 삼성동의 땅덩어리는 정부의 허락하에 순조롭게 진행되고 있지 않는가.

그리고 수정구니 뭐니 하던 괴이한 일은 어느새 잠잠해져 있었다.

딱히 힘든 싸움이랄 게 보이지 않았다.

굳이 힘든 싸움이라면 리디아와 이예화의 질투 정도?

서로 김춘추를 보겠다면서 수시로 찾아오거나, 둘이 담합해서 함께 등장하는 등, 과거보다 두 여자의 얼굴을 더 자주 봐야 하는 곤욕 정도일 텐데.

김한기는 김춘추가 무슨 생각으로 저런 말을 하는지 잠시 생각에 잠겼다.

하여간 인간들은 복잡하다.

김춘추가 나지막하게 말했다.

"지금 대한민국은 민주화를 요구하는 국민의 바람이 거세게 불타오르고 있어. 물론 절대 권력도 만만치 않겠지. 우리가 누구 편을 들고 말고가 아니야. 급변한 변화가 올지, 아니면 좀 더 시간을 두고 서서히 가게 되든지, 둘 중 하나겠지. 또 이런 시대가 변화는 거대한 수레바퀴에는 자잘한 것들이 몰려오지."

"그렇긴 하네."

한지석이 고개를 끄덕였다.

비록 미국에 머물러 있었지만 누구보다 대한민국의 소식에 귀를 기울여 오던 그였다. 미국 내 여러 가지 소식도 김춘추에게 건네주기도 하면서 말이다.

"그리고 또 하나, 좋지 않아."

김춘추의 표정이 더욱 신중해졌다.

"뭐가?"

한지석이 이해가 안 된다는 듯이 고개를 갸웃거렸다.

"글쎄, 솔직히 나도 모르겠어."

"너도 모른 일이 있어?"

한지석이 물었다.

"내가 인간이라는 것을 자주 잊는군."

김춘추가 빙그레 웃으면서 말했다.

"그러게 말이야. 난 네가 늘 신 같다는 생각을 종종 했거든."

한지석이 엄지를 치켜들면서 말했다.

"이런 녀석이 신이라니. 개뿔! 신이 다 얼어 죽었냐!"

옆에서 듣고 있던 김한기가 한지석에게 버럭 소리를 질렀다.

"……"

한지석은 영문을 모른 채 아무런 말도 하지 못했다. 설마 김한기의 속에 든 그것이 신일 줄이야.

그가 어떻게 알았겠는가. 그저 김춘추를 치켜세우느라고 한 말이었는데.

그리고 실제로 그를 오래 봐 온 한지석으로서는 김춘추의 행보가 도저히 인간 같지 않다고 늘 생각하고 있었기 때문이다.

"얘 놀랐겠다."

김춘추가 그런 김한기에게 눈치를 줬다.

"흐음… 이 녀석도 제법 뛰어나지만 신은 니들이 생각하는 만큼 호락호락하지 않아. 그러니 신을 이 녀석에게 비교하는 건 신에 대한 모욕이다."

김한기가 헛기침을 하면서 말했다.

"죄, 죄송합니다. 그냥 친우를 칭찬한다는 게……."

한지석은 사실 사과할 일은 아니라고 생각했지만, 상대가 김춘추의 삼촌이니만큼 이 자리의 분위기를 수습하기 위해서 사과를 건넸다.

"그래, 사과는 받아 주마. 앞으로 말조심해. 신을 함부로 네 녀석 따위의 입에 올리는 게 아니야!"

김한기가 따끔하게 말했다.

그의 옆에서 김춘추는 자신도 모르게 터져 나오는 웃음을 진정시키느라 애를 먹어야 했다.

김한기의 정체를 아는 그로서는 이 상황에서 뭐라고 나

서기도 애매했다.

괜히 긁어 부스럼이지.

한지석만이 영문을 모르는 채 거듭 사과를 해야 했다.

'혹시 사이비교도는 아닐까?'

그는 김한기를 수상쩍은 눈으로 슬쩍 쳐다보았다.

아무리 봐도 정상으로 생겼는데.

하긴, 사이비교에 푹 빠진 신도라고 해서 겉으로 드러나는 것은 아니다.

솔직히 이건 오버지.

김춘추의 삼촌인데, 설마 사이비교에 푹 빠져 있을라고.

행여나 그렇다고 해도 그것을 가만 놔둘 김춘추가 아닌데.

'아니지, 김춘추의 속내를 누가 알아?'

한지석은 김춘추와 김한기를 번갈아 보면서 온갖 생각을 해 보았다.

제10장

또 다른 세상

　김춘추와 박용찬, 두 사람은 서로를 말없이 쳐다보았다. 그들의 옆에는 이예화와 리디아, 그리고 동자승이 꿀 먹은 벙어리처럼 앉아 있었다.
"결례를 끼쳐 죄송합니다."
　박용찬이 먼저 입을 열었다.
"별말씀을요."
　김춘추가 예의 바르게 대답을 했다.
　지금 이들은 신림동 김춘추와 할머니가 살던 집의 1층 마루에 앉아 있었다.
　박용찬이 이곳을 방문한 것은 동자승, 아미 때문이다.
　마냥 동자승 아미를 방치할 수는 없었다. 아무리 본인의 명령이라고 해도 말이다.
 그런데 김춘추 쪽에서 먼저 연락이 왔다.
 무슨 일에서 자신을 찾는지, 아미의 일이라고 짐작은 했지만……
 어쨌거나 박용찬은 연락을 받자마자 한달음에 이곳으로 달려왔다.
 김춘추가 어디까지 아미에 대해서 알아냈는지 궁금했다.
 그런 덕에 오늘 김춘추와 박용찬이 이렇게 서로 얼굴을 마주 대하고 있었다.
 박용찬은 김춘추를 가만히 바라보았다.
 자신을 바라보는 김춘추의 눈에서 무언가가 출렁거리는 느낌을 받았다.
 '알고 있었던가?'
 박용찬은 김춘추의 눈빛 하나만으로도 그가 아미의 정체를 알아챘을 거라고 확신했다.
 그렇다면… 이대로 가만있으면 안 된다.
 지금으로서는 김춘추를 자신의 적으로 돌리는 것은 사양하고 싶었다.
 왕회장이 오늘내일하는 마당에.
 아직 그의 아들 이수희의 신임조차 받지 못한 상태에서 김춘추를 적으로 돌리는 것은 그에게 큰 데미지를 입힐 게 뻔했다.

앞으로 박용찬이나 아미에게 김춘추의 존재는 꼭 필요했다.

박용찬은 김춘추의 반응을 본 후, 동자승 아미를 향해서 정중하게 물었다.

선수를 치기 위해서였다.

"이대로 계속 계시겠습니까?"

"응, 계속 있을래."

동자승 아미가 고개를 끄덕였다.

"아가씨께서는 괜찮으시겠습니까?"

박용찬은 이 집의 실질적인 거주자인 이예화를 쳐다보았다.

"전 심심하지 않아서 좋아요. 아미가 어찌나 살갑게 굴던지… 하나도 힘든 게 없어요."

이예화가 밝은 목소리로 대답했다.

"아……."

박용찬은 이예화의 말에 묘한 반응을 보였다.

김춘추와 김한기만이 박용찬의 입장을 눈치챘다.

"큭큭."

김한기는 어이없는 웃음소리를 내었다.

툭.

김춘추가 그런 김한기의 옆구리를 쳤다.

아무리 그래도 이 상황에서 드러날 일은 아닌 것 같았기 때문이다.

이예화의 자존심과도 관련된 일이니.

당사자에게 맡기는 것이 낫다는 판단이었다.
"아미라고 하셨습니까?"
김춘추가 예의 바르게 동자승을 향해서 물었다.
"어, 그래."
동자승이 마지못해 대답했다.
"계속 머물고 싶으시다면 제대로 말씀해 주십시오."
김춘추가 정중한 어조로, 그러나 위협적으로 말했다.
"칫."
아미의 입술이 삐죽 나왔다.
"너 왜 그래?"
이예화가 아미의 편을 들었다.
박용찬은 여전히 난처한 표정을 지었다.
저 아가씨는 모르는 모양이다.
그러지 않고서 아미 님을 옆에 머물게 할 수는 없다.
"직접 본인에게 듣지."
김춘추가 시큰둥하게 말했다.
그러고는 아미를 바라보았다.
"할 수 없지."
아미는 어쩔 수 없다는 표정으로, 이예화를 바라보면서 마지못해 입을 열었다.
"나… 예순이야."
"뭐가?"

"예순이라고."

"아미가 본명이 아니었어?"

이예화는 아미의 말이 이해되지 않는다는 듯이 되물었다. 오히려 리디아가 먼저 눈치를 챘다.

"어머!"

그녀는 비명에 가까운 소리를 질렀다.

"넌 또 왜 그래?"

이예화가 멀뚱멀뚱한 표정으로 리디아를 바라보았다.

"언니, 예순이시라잖아."

"예순? 그게 왜……?"

이예화는 리디아의 표정과 말에 고개를 한번 갸웃거리다가 이내 그 뜻을 알아채고는 경악했다.

그녀의 표정이 새파랗게 질렸다.

"징그러워!"

이예화의 입에서 비명에 가깝게 소리가 터져 나왔다.

"칫, 언제는 귀엽다고 하고선."

"그, 그거야……."

이예화는 아미의 말에 말을 더듬었다.

"외모만 귀여우면 됐지, 그깟 나이가 뭐 대수라고."

아미가 투덜거렸다.

겉으로 보기엔 정말이지 그 모양새가 여간 귀여운 게 아니다.

하지만 그 귀여운 외모가…
나이가 60이라는 게 도저히 상식 밖이었다.
"어떻게 그럴 수가 있어!"
이예화가 소리를 꽥 질렀다.
"태어났을 때부터 이랬어."
아미가 대답했다.
"그 뜻이 아니잖아!"
이예화는 거의 울기 직전이었다.
아미를 어린 동자승으로만 알던 그녀였다.
그동안 아미와 함께 잠자리에 들지 않았던가.
너무 귀여워서 가끔은 꼭 껴안고 자기까지 했다.
그런데…
이예화의 입에서 거품마저 일고 있었다.
박용찬은 그 모습에 더욱 난처했다.
하긴… 늙지 않는 천형이라니.
더구나 아미 님은 짓궂은 사람이었다. 자신의 천형을 오히려 즐거움에 사용했다.
그것을 잘 아는 박용찬은 이예화가 진심으로 불쌍하다는 듯이 바라보았다.
하지만 마냥 이대로 잠자코 있을 수만은 없었다.
"죄송합니다, 일찍 알려 드렸어야 했는데."
박용찬은 점잖게 사과를 했다.

"그때 알려 줬어야죠!"

이예화가 박용찬에게도 빽 하니 소리를 질렀다.

상대가 나이가 많든 적든… 지금은 그게 문제가 아니었다.

왜 잠자리에서 아미가 엄마가 그립다면서 자신의 젖가슴을 어루만졌는지 이제 이해가 되었기 때문이다.

그 생각이 떠오르자 이예화의 분노는 더욱 커져 갔다.

하지만 그만큼의 수치심도 함께 타올랐다.

벌컥.

이예화가 자리에서 일어났다.

그녀는 그 자리를 박차고 마당으로 나가 버렸다.

도저히 김춘추의 얼굴을 바라볼 용기가 없었다.

"아무래도 이대로 끝날 것 같지 않습니다."

박용찬이 난처한 표정으로 아미에게 말했다.

"내가 달래 볼게."

아미가 별거 아니란 표정을 지으면서 이예화의 뒤를 쫓아 나갔다.

"……."

"……."

두 사람이 나간 마루는 한순간에 정적이 감돌았다.

잠시 후, 박용찬이 먼저 입을 열었다.

"그때 제가 본 것은 환영입니까?"

김춘추는 박용찬의 질문에 잠시 생각에 잠겼다.

김한기 역시 마찬가지였다.

박용찬을 보고 있노라니 과거 그 녀석이 저지른 일이 떠오른 것이다.

동방천왕의 탈을 쓰고 나타난 천계의 부하 녀석.

안 그래도 김춘추의 부하를 자처하면서 나타난 한지석을 만난 이후로 김한기도 부쩍 자신의 부하들이 떠올랐다.

마계를 소탕하면서 생사의 전장을 함께한 부하들이었다.

그런 부하들을 두고 천계에서 쫓겨나 인간계에서 이런 배불뚝이 육체 속에 들어가 살고 있는 자신이 조금은 한심스럽게 느껴지기까지 했다.

뭐, 그런 일이 없었다면 김춘추를 만나지도 못했을 테니.

영원히 사는 천계에서의 따분한 삶보다는 중간에 이런 삶도 있어야지.

김한기는 스스로 긍정적으로 자신을 다독였다.

"도대체 그게 무엇입니까?"

박용찬이 되물었다.

"글쎄요."

김춘추가 시치미를 떼면서 말했다.

"그 자리에 있던 사람들은 전부 다 동방천왕의 모습을 기억합니다. 물론 무당이니 저 같은 부류의 사람들은 아주 운이 좋거나 파장이 맞는다면 볼 수도 있겠지만, 그렇다고 해서 모두가 목격할 수 있는 것은 아닙니다."

박용찬이 자신의 말에 확신을 갖고 김춘추를 추궁하듯이 물었다.

"저도 잘 확신할 수는 없습니다. 다만……."

"다만?"

박용찬의 눈빛이 반짝거려졌다.

"사실 이 집은 예사 집이 아닙니다."

김춘추가 화제의 중심을 집으로 돌리고 있었다.

"그, 그렇긴 합니다."

박용찬은 아직 전부 이해되고 있지 않다는 듯 떨떠름하게 맞장구를 쳐 주었다.

"특히 제단이 있는 저 방은 관악산 기운이 집결된 장소이지요."

김춘추가 제단이 있는 방을 가리키면서 말했다.

박용찬이 그 방을 실눈을 뜨면서 살펴보았다.

그는 점술사이기도 하지만 또한 뛰어난 지관이기도 했다.

처음 이 집을 봤을 때, 기가 막힌 장소에 지어졌다는 것을 알고 있기도 했다.

김춘추의 설명을 듣고 보니 정말 제단이 있는 방에서 피어나는 기운이 남다르다는 것을 깨달았다.

아주 특이했다. 특별하기도 하고.

박용찬이 고개를 끄덕이면서 재차 물었다.

"정말 그렇군요. 그럼 이런 기운이 접해 있는 곳은 어디든지 신이 모습을 드러낼 수 있습니까?"

"그건 저도 모릅니다. 그날 같은 일이 더는 없었으니까요."

"그렇군요."

박용찬은 다소 아쉽다는 듯이, 뭔가 미련이 남는 듯이 대꾸했다.

더구나 이대로 물러설 수는 없었다. 오늘 이렇게 김춘추를 만난 김에 작정하고 다 물어봐야 했다.

그동안 김춘추를 만나기 위해 무던히 노력했다.

하지만 그때마다 해외에 나가 있거나 바빠서 얼굴을 볼 수가 없었다.

"그때 취하셨던 행동을 기억하십니까?"

박용찬의 질문에 김춘추는 잠시 생각하는 척했다.

'아무래도 쉽게 물러서지 않겠군.'

"글쎄요. 그때는 너무 어렸을 때라……."

"그렇긴 합니다. 하지만 워낙 그때 신을 제압하신 모습이 제게 너무도 특별한 기억으로 남아서 결례인 줄 알면서도 이리 물어봅니다."

"제가 어렸을 때는 종종 신기가 있다는 소리를 들었습니다. 자라면서 그 신기가 옅어진 모양입니다. 그때는 제법 할머니처럼 신의 목소리나 모습이 보이기도 하고 잡귀 정도는 쉽게 쫓아내기도 했습니다. 하지만 지금은 보시다시피 평범해져 있습니다. 이 집에 현재 살지 않는 이유도 그래서고요."

김춘추는 제법 그럴듯하게 대답했다.

"그렇군요. 아무래도 입과 귀가 트인 이유가 이 집의 특별한 기운 덕인가 봅니다."

박용찬이 먼저 나서서 술술 말했다.

김춘추는 고개를 끄덕였다.

"그렇습니다. 할머니께서 저의 장애를 고쳐 주려고 무던히도 신께 빌었습니다. 신의 안내 덕분에 이 집에서 저의 장애가 해결되었습니다. 다만 아쉽게도 그와 동시에 신기도 사라졌지요."

"그렇군요."

박용찬이 격하게 고개를 끄덕였다.

김춘추의 말이 전부 사실로 들렸다.

물론 그의 가슴 깊은 곳에서는 여전히 김춘추가 무언가 숨기고 있음을 알고 있었다.

아미를 알아본 것 하며…….

박용찬은 넌지시 찔러 보았다.

"어떻게 아셨습니까?"

아미에 관한 질문이었다.

"사실 예순이라는 것에 저도 놀랐습니다. 그저 몇 살 더 많겠거니 했습니다."

김춘추가 너스레를 떨었다.

"그렇군요."

박용찬이 고개를 끄덕였다.

이쯤 되고 보니 더 질문이 없었다.

하긴 그의 질문에 일일이 김춘추가 대꾸해 준 것이 오히려 고마울 지경이었다.

그것만 봐도 김춘추가 박용찬과 척을 지고 싶지 않다는 것을 알 수가 있었다. 이것 하나만으로도 박용찬에게는 큰 소득이었다.

두 사람은 서로를 바라보면서 미소를 지었다.

김춘추는 크게 고개를 끄덕였다. 그와 박용찬, 어찌 됐건 간에 서로 필요에 의해서 손을 잡아야 했다. 김춘추의 직감이 그리 말하고 있었다. 박용찬이 필요해질 거라고.

물론 김한기나 한지석처럼 진심을 다해 자신의 편이 되어줄지의 여부는 모른다. 박용찬 역시 나름의 야망을 가진 사내니깐.

그건 그의 몫이고.

벌컥.

문을 박차고 나갔던 이예화와 아미가 나란히 들어왔다.

의외로 이예화의 표정은 풀어져 있었다.

"어, 화해했어?"

김한기가 뜻밖의 모습에 놀라면서 물었다.

김춘추나 박용찬도 마찬가지였다.

리디아 역시.

이예화가 이렇게 쉽게 아미를 용서하리라고는 생각지도 못했다.

"애초에 나이를 물어보지 않고 지레짐작한 내 잘못이지."

이예화가 대꾸했다.

"먼저 말하지 않은 나도 잘못이지."

아미가 천연덕스럽게 말했다.

"두 분이 화해했다면 그것으로 족합니다."

김춘추가 상황을 마무리지면서 말했다.

"춘추야, 아미 님이 너에게 할 말이 있대."

이예화가 아미를 한 번 보고는 말했다.

"아미 님이 뭐야? 그냥 아미라고 해. 나는 7살 때 이미 정신과 육체가 멈췄다고."

아미가 투덜거리면서 말했다.

"그, 그래도 돼?"

이예화가 밝게 웃으면서 말했다.

그녀와 아미를 뺀 나머지 사람들은 이예화의 반응이 도저히 이해가 되지 않았다.

"그래. 그리고 우리가 어디 다닐 때를 생각해 봐. 네가 나를 아미 님이라고 부르면 남들이 어떻게 보겠어."

"그렇지."

"그러니깐 예전처럼 아미라고 불러."

아미가 천연덕스럽게 말했다.

"그래, 아미야."

이예화 역시 천연덕스럽게 대꾸했다.

'쟤가 뭔 생각이래?'

이예화를 바라보는 김춘추, 김한기, 그리고 리디아뿐만 아니라 박용찬까지 모두가 한결같은 생각으로 바라보았다.

"아미야, 네가 말해."

이예화가 자신을 바라보는 사람들의 눈길을 피하고는 화제를 돌렸다.

"그래."

아미는 고개를 끄덕이고는 자신들을 바라보는 사람들을 향해서, 특히 김춘추를 보면서 말했다.

"너, 이제 또 다른 세상이 열릴 거야!"

아미는 단언하듯이 말했다.

"또 다른 세상?"

김춘추는 그 말의 의미를 잘 알기에, 아니 아미의 입에서 어젯밤 꿈속에서 들은 시바 여왕이 했던 말이 튀어나오는 바람에 깜짝 놀라면서 되물었다.

주변의 사람들 역시 무슨 뚱딴지같은 소리인가 싶어서 다들 눈만 멀뚱멀뚱 떴다.

5권에 계속

www.mayabook.co.kr

www.mayabook.co.kr

www.mayabook.co.kr